Machet gut, Schwatte!

Geschichten zum Abschied von unserer Kohle

herausgegeben von Friedhelm Wessel

Henselowsky
Boschmann

Boschmann und Bunpanya-Boschmann GbR
Schützenstraße 31 · 46236 Bottrop
www.vonneruhr.de · post@vonneruhr.de
1. Auflage 2017
ISBN 978-3-942094-69-6
Umschlagfoto vorne: Steiger (1953); Archiv Friedhelm Wessel
Druck: Friedrich Pustet GmbH & Co. KG, Regensburg

Inhalt

Friedhelm Wessel
Meine Spur der Kohle

Mein Großvater, der einst aus dem Saarland ins Ruhrgebiet, nach Osterfeld gekommen war, erklärte mir sehr früh den Bergbau. Opa August malochte nämlich, nachdem er einen schweren Unfall erlitten hatte, am Schacht im Schichtdienst als Anschläger. Er war für das Be- und Entladen des Förderkorbes zuständig und hatte die Aufsicht bei der Seilfahrt der Kumpel. Ein verantwortungsvoller Posten. Mein Großvater hat nie als Kohlenhauer gearbeitet, hat nie selbst nach dem Schwarzen Gold gegraben, sondern einer Teufmannschaft angehört, die ab 1910 neue Schächte in den Revierboden trieb. Damals, als Opa August den Weg ins Revier fand, gab es etwa 170 Zechen, auf denen rund 350 000 Kumpel einfuhren.

Dann tauschte Großvater den schwarzen Bergmannskittel gegen eine feldgraue Uniform ein, denn der Kaiser rief zu den Waffen. Leicht verwundet überstand er den Krieg, kehrte nach Osterfeld zurück, sympathisierte wie viele Kumpel mit den „Roten", gehörte zu den Kämpfern, die am 17. März 1920 den Essener Wasserturm stürmten. Er überlebte, konnte den marodierenden Freikorpsverbänden entkommen, fuhr ein paar Jahre zur See und kam erst zurück, nachdem sich die Wogen in der Weimarer Republik geglättet hatten. Wieder in Osterfeld, das inzwischen zu Oberhausen-Osterfeld geworden war, legte er auf Zeche Jacobi an, gründete eine Familie und zog in ein Koloniehaus.

Meine Großmutter Anna stammte aus Gelsenkirchen-Ückendorf. Ihr Vater und viele aus der nahen Verwandtschaft fuhren hier auf der Zeche Holland ein. 1913 siedelte die Großfamilie nach Osterfeld über, wo ihnen auf der Teutoburger Straße ein Haus zur Miete angeboten worden war; die Männer arbeiteten auf der gerade in Betrieb gegangenen Zeche Jacobi. 1919 heiratete Großmutter „ihren Franz", einen Bergmann, der als Wettermann auf Jacobi tätig war. Dann ein Schicksalsschlag: Franz stürzte bei der Entnahme einer Wetterprobe im Schacht tödlich ab. Meine Oma musste sich nun alleine durch das harte Leben einer Bergmannswitwe schlagen, bis sie Opa August kennen- und lieben lernte. Sie heirateten, und aus der Ehe gingen vier Kinder hervor.

Mit Opa August ging ich als „Köttel" manchmal auf Tour, in den Osterfelder Volksgarten, wenn ich ihn vom Pütt abgeholt hatte, oder nach dem Essen gemeinsam in unseren großen Garten. Irgendwann, es war der Tag der Arbeit und Opa hatte keine Schicht, zog es uns nach Bottrop-Fuhlenbrock. Er zeigte mir in einem kleinen Birkenwäldchen eine große runde Metallplatte. „Hier entsteht demnächst eine neue Zeche. Unter dieser Platte befindet sich der tiefe Schacht. Hier kommt irgendwann einmal das Schwarze Gold ans Tageslicht." Später sollten hier sein Sohn, mein Onkel Hermann und mein Vetter Werner, der noch heute im Haus auf der Teutoburger Straße lebt, einfahren. Als Opa August 1958 seine letzte Schicht auf Jacobi verfuhr, meinte er nur: „So, ab heute ist Schicht im Schacht." Mit dieser Aussage konnte ich damals noch nichts anfangen.

Ein Jahr später legte ich in Herne auf einem Bergwerk an, das nach dem preußischen König benannt worden war, der 1764 seinen Bürgern empfohlen hatte, Kohle statt Holzkohle als Brennmaterial zu verwenden: Friedrich der Große. Als ich meine Ausbildung begann, gab es bereits erste Anzeichen der „Kohlenkrise". So fuhr ich am 26. September 1959 zusammen mit weiteren 60 000 Revierkumpeln nach Bonn, um in der damaligen Bundeshauptstadt gegen die drohenden Zechenschließungen zu demonstrieren. Nutzte aber bekanntlich nicht viel – der Ausstieg aus der Kohle begann in kleinen Schritten trotzdem. Großvater hatte einen Herzenswunsch: Ich sollte einmal Steiger werden. Daraus wurde nichts. Ich lernte noch bis 1967 verschiedene Pütts im Revier kennen, so die Zeche Lothringen in Bochum, die Zeche Carl Funke in Essen und die Möllerschächte in Gladbeck; danach sattelte ich um und begann, mich journalistisch zu betätigen.

Aber auch in meinem neuen Beruf ließen mich der Bergbau und das Schwarze Gold nicht los: Im Dezember 1976 berichtete ich über den ersten Spatenstich von Prosper Schacht 10, von der Inbetriebnahme der 7. Sohle im Mai 2011, und ich war auch dabei, als Papst Johannes Paul II. 1987 auf Prosper-Haniel zu Gast war. Grubenluft schnupperte ich bei Grubenfahrten auf Auguste Viktoria in Marl und Friedrich Heinrich in Kamp-Lintfort. Und vermutlich werde ich auch 2018 hautnah dabei sein, wenn nach 1000 Jahren Bergbau im Ruhrrevier auf Prosper-Haniel die letzte Schicht verfahren wird und es bei uns im Pott unwiederbringlich heißen wird: „Schicht im Schacht".

Hubertus A. Janssen
Die Schwatte schweigt

Unten, da unten in
siebenter Sohle,
da lag sie und liegt sie,
die Schwatte, die Kohle.

Die Schwatte, sie hatte
so viele Verehrer,
die Hauer, die Steiger,
die Herren, die Kehrer.

Da draußen, und oben,
„Auf Kohle geboren“,
tönen beizeiten
jetzt Ruhrpottjunioren.

Die ganz ohne Kohle,
ein Leben auf Halde,
niemals unter Tage,
in Bälde und balde,

die Schwatte besingen,
und deren Verehrer.
Die Hauer, die Steiger,
die Herren, die Kehrer,

mit zwischentönerner
Zukunftsmusik.

Die Schwatte, die hatte.
Die war. Und jetzt schwieg.

JACOBI 1974
Der Letzte

Anja Kiel
Abschiedsfest

„Tschüss, Mama!“, ruft Timmi. „Hol uns ja nicht zu früh wieder ab!“

Mama lacht. „Keine Sorge. Aber vertragt euch, versprochen?“

Timmi und ich nicken, so fest wir können. Dreieinhalb Ferientage dürfen wir bei Omma Leni bleiben.

„Was machen wir jetzt?“, fragt Timmi, sobald Omma Leni die Tür hinter Mama geschlossen hat.

„Gehen wir zum Teich, Entenfüttern? Oder in den Tierpark?“, schlage ich vor.

„Morgen vielleicht“, sagt Omma Leni. „Oder übermorgen. Heute feiern wir ein Abschiedsfest.“

Ein Abschiedsfest? Timmi und ich gucken uns an. Will Omma Leni etwa wegziehen?

„Abschied von meinem Kohleherd“, sagt Omma Leni.

Timmi und ich atmen erleichtert auf. Obwohl …

„Warum?“, frage ich.

„Er wird abgeschafft“, sagt Omma Leni fest. „Morgen kommt ein Elektroherd. Der ist viel praktischer. Und vor allem sauberer.“

Das sagt Mama auch jedes Mal, wenn sie hier vor dem Kohleherd steht. Aber bis jetzt hat Omma Leni jedes Mal den Kopf geschüttelt und gesagt: „Der tut’s doch noch. Und Kohle ist schließlich genug da.“ Vielleicht ist jetzt nicht mehr genug Kohle da. Ein bisschen schade ist das schon. Wir mögen den alten Kohleherd, Timmi und ich.

„Kriegen wir Besuch zum Fest?“, fragt Timmi.

Omma Leni nickt. „Herr Dudek von nebenan. Und Tante Tilly.“

„Und wir und Mäxchen und Fiffi und du“, zählt Timmi auf. „Das macht sieben.“

Timmi kommt nach den Ferien in die Schule. Zählen kann er schon. Das hab ich mit ihm geübt. Da kann er froh sein, dass er eine Fast-Viertklässlerin als Schwester hat.

„Wir brauchen Kuchen“, sage ich.

„Und Chips!“, schreit Timmi.

Aber Omma Leni hat alles schon genau geplant. Chips gibt es nicht. Lieber will sie ein letztes Mal Apfelkuchen im Kohleherd backen. Dazu kocht sie Kakao und Kaffee. Mäxchen, Omma Lenis Kanarienvogel, bekommt Apfelstückchen. Und Fiffi, der Dackel von Tante Tilly, bettelt bestimmt wieder um Kuchen. Obwohl er den eigentlich gar nicht essen darf.

„Ich gehe wacker Kohlen raufholen“, sagt Omma Leni. „Zum Backen müssen wir nachheizen.“

„Ich komm mit!", ruft Timmi und schnappt sich die Kohlenschütte, die neben dem Herd steht.

„Aber nichts anfassen unten", sagt Omma Leni.

Ich nehme ihre Hand. Natürlich komme ich auch mit. Ich will sehen, wie viel Kohle im Keller ist.

In Omma Lenis Keller riecht es ganz anders als in unserem. Mama sagt, das kommt vom Kohlenstaub. Mir gefällt der Geruch. Weil er gemütlich und trotzdem irgendwie gruselig ist.

Im Kohlenkeller liegt wirklich nur noch ein kleiner Haufen. Sonst war hier immer ein richtiger Berg. Timmi und ich haben uns manchmal vorgestellt, die Kohlen wären Gold und der Kohlenkeller der Goldspeicher von Dagobert Duck. Einmal hat Timmi sogar gespielt, er selbst wäre Dagobert Duck, der in seinem Gold baden wollte. Da war was los! Timmi war so dreckig, dass Omma Leni ihn dreimal in der Wanne abschrubben musste. Noch zwei Tage später hatte er Kohlenstaub in der Nase. Das hat er mir nach dem Naseputzen gezeigt. Eklig!

Obwohl Omma Leni gesagt hat, wir sollten nichts anfassen, dürfen Timmi und ich die Kohle in die Schütte füllen. Egal, wie vorsichtig man das macht, dreckig wird man sowieso. Zumindest sind unsere Hände schwarz. Na ja, vielleicht waren wir nicht ganz so vorsichtig.

„Schwarzer Peter!", ruft Timmi und wischt mir mit dem Zeigefinger über die Nase.

„Selber", sage ich und drücke ihm beide Hände rechts und links aufs Gesicht. Wenn unsere Laune nicht so gut wäre, hätten wir uns jetzt bestimmt gekloppt.

Timmi springt durch den Kohlenkeller und singt: „Schornsteinfeger ging spaziern, Schornsteinfeger ging spaziern, ging spazieren …"

Ich schiele zu Omma Leni, aber sie lacht nur. Also fange ich auch an zu singen: „Schwarz, schwarz, schwarz sind alle meine Kleider …"

„Untersteht euch, die Kleider werden nicht schwarz gemacht", sagt Omma Leni schnell und greift nach der Kohlenschütte. „In zwei Stunden kommen die Gäste!"

Zurück in der Küche legt Omma Leni Kohle im Herd nach. Dafür muss sie lauter Klappen auf- und zumachen. Spannend finden Timmi und ich das. Aber wir dürfen nicht lange gucken, weil Omma Leni uns zum Spülbecken scheucht: Gesicht und Hände waschen. Mit Kernseife. Die riecht so schön altmodisch. Genau wie Omma Leni. Der Schaum, der im Abfluss verschwindet, ist dunkelgrau.

„Fingernägel nicht vergessen", sagt Omma Leni.

„Nur, wenn wir die Schüssel ausschlecken dürfen", sagt Timmi.

„Ausnahmsweise."

Omma Leni hat schon angefangen, die Äpfel zu schälen. Nicht mit dem Sparschäler, wie wir das zu Hause machen. Mit einem kleinen Schälmesser, das Omma Leni „Pittermesser“ nennt. Ein lustiges Wort. Omma Leni hat lauter lustige Wörter. „Schlüpfer“ für Unterhose und „Kappes“ für Kohl und „wacker“ für schnell.

Die geschälten und kleingeschnittenen Äpfel lässt Omma Leni in eine Schüssel mit Wasser und Zitronensaft plumpsen. „Dann werden sie nicht so schnell braun“, erklärt sie.

Beim Teigmachen helfen wir. Timmi hält den Elektromixer, ich darf Eier, Zucker und Mehl abwiegen. Und Butter. Omma Leni sagt immer „gute Butter“. Aber schlechte Butter kann man doch gar nicht mehr essen, oder?

Omma Leni hat außer dem elektrischen auch einen richtig altmodischen Mixer, bei dem man an einer Kurbel drehen muss. „Zum Sahneschlagen ist der viel besser“, sagt Omma Leni. Bevor sie den Kuchen in den Ofen schiebt, nimmt sie mit einem Haken eine der Eisenplatten vom Herd hoch, um zu sehen, ob das Feuer schön brennt. Timmi und ich linsen in die Öffnung. Das machen wir jedes Mal, wenn Omma Leni die Platte abnimmt. Und jedes Mal können wir kaum glauben, wie heiß es dadrin ist.

„Wie die Hölle“, sagt Timmi.

„Stell dir mal vor, dadrin säßen lauter kleine schwarze Drachen“, sage ich. „Die spucken den ganzen Tag Feuer, damit Omma Leni kochen kann.“

„Dann würde ich mir vielleicht doch keinen Elektroherd zulegen“, überlegt Omma Leni.

„Aber die wären vielleicht gefährlich?“, meint Timmi. „Was wäre, wenn die rauskämen und dich fressen würden? Einfach so, mitten in der Nacht?“

„Mich schaffen die sowieso nicht“, sagt Omma Leni und klopft auf ihren Bauch. Der ist ganz schön rund. Weil sie so gern Frankfurter Kranz isst, sagt Mama. Und Heringssalat.

Als der Kuchen im Ofen ist, gehen wir raus in den Garten, um den Tisch zu decken. Hier ist es schön schattig unter dem alten Apfelbaum. Omma Leni breitet eine Tischdecke über den wackligen Gartentisch. Eine weiße, die mit kleinen blauen Blüten bestickt ist. Sonst nehmen wir immer eine Wachstuchtischdecke.

„Heute ist ein besonderer Tag“, sagt Omma Leni.

„Genau“, sagt Timmi. „Der Kohleherdabschiedstag.“

Omma Leni seufzt und verteilt Teller, Servietten und Kuchengabeln.

Fiffi kommt mit Gebell in den Garten und zieht Tante Tilly an der Leine hinter sich her. Herr Dudek bringt sogar einen Blumenstrauß mit. Und kurz darauf sitzen alle um den Tisch, essen Apfelkuchen und reden. Nur Mäxchen ist oben geblieben. Omma Leni meint, er wird sonst neidisch auf die anderen Vögel, die nicht im Käfig hocken müssen.

„Tja, die Kohle", sagt Herr Dudek und rührt so heftig in seiner Kaffeetasse, dass es klappert. „Das warn noch Zeiten, als der Willy und ich auf Zeche Hannover …"

„Lass doch!", unterbricht ihn Omma Leni. „Immer die alten Kamellen. Wir leben in den Achtzigern. Der Himmel muss endlich wieder blau werden. Hat der Brandt schon vor über zwanzig Jahren gefordert."

„Das sagst ausgerechnet du?" Herr Dudek runzelt die Stirn.

„Sie denkt halt an die Kinder", sagt Tante Tilly und krault Fiffi hinter den Ohren.

„Ach, du lässt dich nur von deiner Tochter mit ihrem Öko-Fimmel anstecken. Sonst sagste immer, dass die spinnt", brummelt Herr Dudek.

„Wieso spinnt Mama?", fragt Timmi und nimmt sich mehr Sahne.

„Keiner spinnt", sagt Omma Leni ein bisschen ärgerlich. „Und jetzt erzählt der Herr Dudek noch einmal die Geschichte vom Schweinehirten an der Ruhr, und dann schließen wir ab mit dem Kapitel Kohle."

Da stößt Tante Tilly einen Schrei aus: „Fiffi, komm sofort her! Böser Hund!"

Fiffi buddelt in Omma Lenis Blumenbeet. Sofort bin ich bei ihm und zerre ihn am Halsband zurück.

Timmi beguckt sich das Beet und stellt fest: „Nur zwei Tulpen kaputt …"

„Lilien …" Omma Leni seufzt.

Fiffi hat etwas Schwarzes im Maul. Einen Stein? Ich öffne vorsichtig seine Schnauze und hole das Ding heraus. Es glitzert in der Sonne. Ich male damit einen Strich auf den Trittstein im Beet. Der Strich ist schwarz.

„Fiffi hat einen Schatz gefunden", rufe ich.

Mitten in der Nacht wache ich auf. Timmi schläft tief und fest neben mir auf der Bettritze. Aber Omma Lenis Bett ist leer. Ich stehe auf und tapse rüber in die Küche. Omma Leni steht vor dem Kohleherd. In ihrem weißen Nachthemd sieht sie aus wie eine der Feen, über die Herr Dudek manchmal Geschichten erzählt. Der Herd ist aus. Omma Leni streicht mit der Hand über die Platten. Immer hin und her.

„Omma?", frage ich leise.

Omma Leni dreht sich zu mir um. „Hast du mich erschreckt, Kind!"

„Was ist?", frage ich. „Warum bist du nicht im Bett?"

„Ach …", sagt Omma Leni. „Ich musste noch mal richtig Abschied nehmen von meinem Herd. So eine dumme alte Frau bin ich."

Ich weiß nicht, warum es dumm ist, sich von etwas zu verabschieden, das man gern hat. Das sage ich aber nicht. Ich drücke Omma Leni nur ganz fest.

„Warte hier!“, sage ich und husche zurück ins Schlafzimmer. Auf dem Nachttischchen liegt das Kohlestück, das Fiffi ausgegraben hat.

Ich stelle mich vor Omma Leni, beide Arme hinter dem Rücken versteckt. „Welche Hand?“, frage ich. Und bevor Omma Leni etwas sagen kann, strecke ich ihr schon die Kohle entgegen.

„Das ist doch deine“, sagt Omma Leni.

„Ich schenk sie dir. Als Andenken“, sage ich.

Omma Leni lächelt. Gleichzeitig glitzert es ein bisschen in ihren Augen. Die Kohle hat heute Nachmittag in der Sonne auch geglitzert, denke ich.

„Komm“, sagt Omma Leni. Sie geht ins Wohnzimmer und legt die Kohle vorsichtig in die Vitrine. Direkt neben das Foto von Oppa Willy.

„Und jetzt wacker ins Bett“, sagt Omma Leni. Von Händewaschen sagt sie nichts.

Im Bett kuschle ich mich an Timmi. Ich schnuppere an meinen Kohlenstaubhänden und freue mich auf morgen. Denn dann feiern wir noch ein Fest. Das Elektroherdwillkommensfest.

Karin Schneider
Wenigstens einmal Grubenluft schnuppern

„Wer für die Kohle arbeitet, der soll wenigstens einmal Grubenluft geschnuppert haben“, war wohl die Auffassung von Frau Schnitker, der Chefsekretärin des Bergrates a. D. Helmuth Heintzmann, meines obersten Chefs, als sie mir 1967 anbot, statt ihrer an einer Damengrubenfahrt teilzunehmen.

Mit einer befreundeten Kollegin war ich daher wenig später auf der Schachtanlage 3/4 Piepenfritz zur gemeinsamen Grubenfahrt verabredet. Sie war schon, wie sich bald herausstellte, bezüglich Grubenfahrten „ein alter Hase“ und verstand meine Nervosität gut. „Komm, wir trinken erst einmal einen Campari zur Beruhigung“, meinte sie daher wohlwollend. Anschließend traf der Rest der Gruppe, die nur aus Mitarbeiterinnen der Zechenverwaltung bestand, und die uns begleitenden Fahrsteiger im Besprechungsraum ein.

Der Betriebsführer Johnen begrüßte uns zunächst mit dem bergbauüblichen „Glück auf!“. Wir bekamen einige Verhaltensmaßregeln mit auf den Weg. Obersteiger Waldemar Hoppe, auch ein aktives Mitglied der Grubenwehr, leitete unsere Frauengruppe. – Nun gab es kein Zurück mehr.

In der Kaue, wo wir die passende Bergmannskleidung erhielten, flüsterte mir der Kauenwärter zu: „Ich habe für sie etwas Besonderes.“ Ahnungslos, was diese Bemerkung bedeuten sollte, wurde mir eine Steigerkaue zugewiesen. Dort lag das komplette bergmännische Kleidungspaket für mich schon bereit.

Im Vorfeld, mit Anspielung auf meine Körpergröße (ich bin nur 1,54 m groß – sprichwörtlich der „ideale Bergmann“) hatte ich mir von einigen begleitenden Fahrsteigern anhören müssen: „Man kann ja auch die Ärmel und Hosenbeine hochkrempeln.“ Ich war daher sehr gespannt. Die männlichen Begleiter, alle in weißen, sauberen Arbeitsanzügen, staunten nicht schlecht, als ich ebenfalls in perfekt sitzendem Anzug und bequemen Sicherheitsschuhen aus dem Gebäude trat. Ich war selbst überrascht und erleichtert, dass mir alles passte, und verstand nun auch die Bemerkung des Kauenwärters. Von ihm erfuhr ich später, dass ich die bergmännische Kleidung der Frau des damaligen Bergassessors Enneker trug, die wohl die gleiche Statur wie ich hatte, und weil sie öfter an Grubenfahrten teilnahm, lag für sie in der Zechenkaue immer das passende Outfit bereit. Das war für mich auf jeden Fall ein guter Einstieg.

Wir fuhren am neuen Schacht VI ein. Es ging bis zur 8. Sohle in 1000 Meter Tiefe. Für mich schon ein Erlebnis. Die Augen konnten wir im Förderkorb kaum öffnen, da so viel Kohlenstaub durch die Luft wirbelte. Es ging in rasender Geschwindigkeit in die Tiefe. Nachdem der Förderkorb beim Abbremsen ein wenig auf und ab getanzt hatte (wir verdächtigten den Fördermaschinisten, dass er das extra machte, da er wusste, dass er eine Damengruppe beförderte), betraten wir die Untertagewelt. Für mich eine „Stadt unter Tage“ – eine andere Welt: groß, geräumig, heller als gedacht.

Durch meinen Mann, der damals noch die Bergschule besuchte, um Maschinensteiger zu werden, hatte ich viel von unter Tage gehört und dachte, mir schon ein Bild machen zu können. Das war allerdings überhaupt nicht der Fall. Die Welt des Bergmanns mit eigenen Augen zu sehen und kennenzulernen, war etwas ganz anderes.

Obersteiger Hoppe zeigte uns die anstrengende Arbeit und die Arbeitsbedingungen des Bergmanns. Er erklärte uns viele Dinge sehr anschaulich und verständlich und führte uns in die Strecke, in den Streb. Wir lernten den „Alten Mann“ kennen (verlassener, abgesperrter Grubenbau – Bruch), gingen durch den Stempelausbau und waren schließlich vor Ort, wo die Kohle mit einem Kohlenhobel abgebaut wurde und auf ein Förderband fiel. An den Wasserdüsen des Förderbandes konnten wir unsere Handgelenke kühlen, denn es war uns schon recht warm geworden. Das Wasser war eigentlich zum Binden des allgegenwärtigen Kohlenstaubs gedacht. Von den Kumpeln bekamen wir auch Schnupftabak angeboten, den wir fast schon bergmännisch durch die Nase zogen. Das kam bei den Hauern gut an. Anschließend stiegen wir auf das Förderband und ersparten uns so ein Stück des anstrengenden Rückwegs. „Denn ein Bergmann geht nicht, er fährt“, erfuhren wir ebenfalls.

Irgendwann betrachteten wir Frauen uns gegenseitig, um zu kontrollieren, ob wir schon schwarze Bergmannsgesichter hätten. Es war der Fall. Gott sei Dank! – Denn das gehörte ja dazu.

Als wir wieder das Tageslicht erblickten, setzte sich die Gruppe noch zu einem Gespräch mit Imbiss und Bergmannsschnaps zusammen. Müde, aber mit vielen neuen Eindrücken schlichen wir zum Duschen in unsere Einzelkauen.

Fazit: Für mich ist „unter Tage“ eine eigene große Welt. Die Arbeit selbst und die Bedingungen, unter denen die Bergleute arbeiten, verdienen Respekt und Anerkennung. Der Spruch über damalige Bergmannsfrauen, die einen Pelzmantel trugen: „Die sollten mal einfahren und sehen, wie ihre Männer unter Tage malochen müssen“, er gewann für mich nach dieser Grubenfahrt so richtig an Bedeutung.

Mit dem Ende des Bergbaus nach 2018 sind solche Touren in den Bauch des Reviers nicht mehr möglich. Wer dann (saubere) Grubenluft schnuppern will, kann sich im interessanten Untertagebetrieb des Deutschen Bergbaumuseums in Bochum umsehen. Möglicherweise sind Grubenfahrten aber auch in überseeischen Zechenanlagen wie in Chile oder China möglich. Die Sicherheitsstandards in diesen Bergwerken lassen allerdings meist zu wünschen übrig.

Margret Martin
Der Kohleofen

Opa war der Herr über die Kohle. Damals in Essen-Haarzopf, in den 50er Jahren. Oma und Opa hatten ein kleines Häuschen, verwinkelt und gemütlich und – besonders im Winter – immer muckelig warm.

In eben dieser Wohnküche stand er direkt hinter der Tür: der große weiße Kohleofen, der zugleich Backofen war und Herd mit Kochplatten, deren Ringe man einzeln herausnehmen konnte. Ein gefüllter Wasserkessel stand immer sirrend auf der von Oma mit Sidolin auf Hochglanz polierten Herdplatte.

Und unvergesslich die Freitagabende im Herbst, wenn die ganze Familie sich bei Oma und Opa zum Muschelessen versammelte und, nachdem alle Herdringe entfernt worden waren, der würzig duftende Muscheltopf auf der offenen Flamme thronte.

Alle Familienmitglieder saßen dann direkt neben dem Ofen am großen Tisch, Teller mit Muscheln, Sud und gebuttertem Schwarzbrot vor sich, die Erwachsenen sprachen ausgiebig dem „Hellen“ zu, und regelmäßig mündeten nach dem zweiten Teller Suppe und der dritten Flasche Bier harmlose Unterhaltungen in politische Diskussionen, die trotz wohliger Ofenwärme gelegentlich deutliche Diskrepanzen zwischen den politischen Standorten der anwesenden Erwachsenen offenbarten.

Der weiße Ofen in der Küche war die einzige Kochstelle, wurde deshalb das ganze Jahr über befeuert, aber im Winter musste – wie Opa zu sagen pflegte – mit Eierkohle und Briketts so richtig „gestocht“ werden, um im Haus wenigstens einen warmen Raum zu haben.

Opa war der Herr über Kohle und Ofen. Er stopfte das auf seine ganz eigene Art zusammengeknüllte Zeitungspapier sowie schmale Brennholzscheite ins Ofenloch, entfachte mit dem Fidibus ein Feuer und legte nach einem ausgeklügelten Plan, der sich weder mir noch Oma erschloss, die Kohle nach.

Zu Beginn der kalten Jahreszeit gab Opa regelmäßig die Winter-Parole aus: Der Ofen darf auch nachts nicht ausgehen. Das war schon deshalb wichtig, weil es im Schlafzimmer weder Heizung noch Ofen gab, der „Weiße“ also auch dorthin ein wenig Wärme abgeben musste – wobei die Betonung auf wenig liegt – und weil dem kleinen Kohleofen im Wohnzimmer nur an Feiertagen eingeheizt wurde, gelegentlich allerdings auch an Sonntagen, wenn Oma und ich unbedingt nachmittags eine weitere TV-Folge von „So weit die Füße tragen“ sehen wollten, ohne uns dazu in mehrere Lagen Wolldecken einwickeln zu müssen.

Und Opa wusste wirklich genau, wie man den Ofen auch in kalten Winternächten warm hielt. Abends rüttelte er regelmäßig mit dem Schürhaken den Rost frei, legte ein in leicht angefeuchtetes Zeitungspapier eingewickeltes Brikett auf die letzte Glut, um dann morgens als erstes das Aschefach zu leeren und neu anzufeuern. Auf diese Weise sorgte Opa den ganzen Winter hindurch in der Wohnküche für wohlige Wärme, so dass die Eisblumen bei uns nur an Wohn- und Schlafzimmerfenster blühten.

Aber auch Oma und ich hatten unsere Kohle-Aufgaben: Mehrmals täglich holten wir (Opa hatte Wechselschicht in der Fabrik) mit der Kohleschütte Nachschub aus dem Keller, schwarz gefärbte Fingernägel inklusive, und die Nachbestellung beim Kohlenhändler bedeutete einen langen Weg durch die Siedlung, dann über die Landstraße. Natürlich zu Fuß!

Wenn dann der Kohlenmann mit der bestellten Lieferung kam, kündigten sich schon bei seinem Anblick ein schmerzender Rücken und der Muskelkater an. Die LKW-Ladung wurde vor die Eingangstreppe gekippt, und mit vereinten Kräften (Oma, ich und gelegentlich hilfreiche Nachbarn) wurden Eimer um Eimer mit Kohle befüllt und eine Treppe hinunter in den Keller getragen, um den Kohleberg wieder aufzufüllen. Danach hätte den schmerzenden Gelenken sicher ein Vollbad gutgetan, aber der Waschkessel mit Wasser für die Befüllung der Zinkbadewanne wurde immer nur Samstagnachmittag auf den Herd gestellt. Kohlelieferungen am Freitag waren somit sehr willkommen.

Neben Opa gab es aber noch eine weitere Person, die für das Funktionieren unserer Heizquelle wichtig war: der Schornsteinfeger, weil er für den guten Abzug sorgte. Das ein oder andere Mal hatte es damit Probleme gegeben, und statt wohliger Wärme und Vorfreude auf dampfende Muschelsuppe war die Wohnküche nach dem Anfeuern verraucht und verqualmt, weil der Kamin verstopft war. Und so wurde der Schornsteinfeger nach jeder Kaminkehrung von Oma in der Wohnküche dankbar mit heißem Tee versorgt, und manchmal gesellte sich auch Briefträger Müller dazu.

Soweit meine Erinnerungen an die heimelige Wärme des weißen Kohleofens bei Oma und Opa in Haarzopf. Heute genieße ich Öl- bzw. Fußbodenheizung und Thermostat. Es gibt keinen Geruch nach Kohle und Feuerholz mehr, auch kein Geräusch von siedendem Kesselwasser auf prasselndem Herdfeuer. Kein Vermissen. Aber eine gute, wohlig-warme Erinnerung.

Margit Kruse
Kohlen gegen Wurst

Mein Blick blieb an dem mit Fett verschmierten Meisterbrief hängen, der an der Fliesenwand prangte und allen Kunden zeigen sollte, was er doch für ein toller Kerl war. Mit blutbeflecktem Kittel kam er in den Laden, über der Schulter transportierte er eine Kotelettreihe, die er nun auf ein Holzbrett wuchtete. Der Kittel seiner Angetrauten, die gerade mit honigsüßen Worten eine Kundin bediente, sah nicht viel besser aus. Sie warf eine Fleischwurst auf die Waage und starrte mit ihrer Brille, die Gläser wie Glasbausteine hatte, auf die Anzeige.

Hatten sie mich vergessen? Wie lange wollten sie mich noch hier stehen lassen? Gerade als der wohlbeleibte Metzger wieder nach hinten verschwinden wollte, rief ihn seine Gattin zurück.

„Ey, wart ma. Die Kleine will dat Geld für die Kohlen."

Mit langsamen Schritten kam er auf die Theke zu und sah mich mit bösem Blick an. „Geld willste?"

Ich nickte ängstlich und fragte mich, wieso gerade ich, die Jüngste unserer Familie, losgeschickt worden war, um das Geld zu holen. Mein Vater war mindestens einen Kopf größer als dieser Metzger und von der Statur her ähnlich. Wieso holte er nicht selbst das Geld ab? Er hatte ihm doch schließlich auch die Kohlen verkauft, als dieser Metzger F., der seinen Laden auf der Schievenstraße betrieb, bei uns an der Tür klopfte und nach Kohlen fragte. Das war damals im Jahre 1965 gang und gäbe in der Zechensiedlung, in der wir zu Hause waren, nach Kohlen zu fragen. Die Bergleute, die dort wohnten, waren froh, den Teil der Deputatkohle, die sie von der Zeche bekamen und nicht benötigten, verkaufen zu können. Sechs Tonnen Kohle waren als Sachleistungen Lohnbestandteil und in den Tarifverträgen des Bergbaus festgelegt. Für unsere kleine Dreizimmerwohnung mit den zwei Öfen reichten locker vier Tonnen. Besagter Metzger F. hatte meinem Vater 100 Mark geboten, und per Handschlag war der Handel besiegelt worden.

Der Kohlenhändler Brosda hatte die Fuhre wenige Tage später vor unserem Wohnhaus abgeladen.

Als ich an diesem Tag müde von der Schule kam und den Torbogen durchquerte, erblickte ich sofort den riesigen Berg Steinkohle, die auch das Schwarze Gold genannt wurde, vor unserem Haus und seufzte. Das bedeutete nämlich, dass ich helfen musste, diese in den Keller zu transportieren, was bei uns etwas problematisch war, da sich unser Kellerfenster hinten auf dem Hof befand. Wenn Kohlen kamen, gab es auch nur Suppe. Mist! Als ich jedoch näher kam, sah ich diesen Metzger und einen jungen Burschen emsig die Kohlen in eine Karre schaufeln und damit die Straße herunterfahren. Mir fiel der Deal wieder ein, und ich war beruhigt. Wenn Kohlen vom Kohlehändler abgekippt wurden, musste man zusehen, sie schnell in den Keller zu bekommen. Der Kohlenklau boomte damals; außerdem spielten die Kinder der Siedlung auf dem Kohlehaufen und verteilten ihn großflächig. War mein Vater zur Mittagsschicht, musste meine Mutter mit uns Kindern sehen, wie die Kohlen in den Keller kamen.

Nun stand ich hier und wartete auf das Geld. Der Metzger starrte mich unentwegt an, griff nach seinem langen Bleistift, den er sich hinters Ohr geklemmt hatte, nahm einen Bogen Papier und kritzelte etwas darauf. „Hier, Kind, haste einen Gutschein. Ihr könnt jetzt so lange Wurst und Fleisch bei uns einkaufen, bis die 100 Mark verbraucht sind." Er rollte den Bogen zusammen, reichte ihn mir mit einem Stück Fleischwurst über die Theke.

Ich machte mich auf den Heimweg, biss immer mal wieder in die salzige Fleischwurst, um festzustellen, dass mein Vater recht hatte. Die Wurst schmeckte nicht. Kein Wunder, dass er darauf bestand, Wurst und Fleisch nur vom Metzger aus der Kronprinzenstraße, dort, wo er aufgewachsen war, zu essen. Klar, er brauchte sich ja nicht auf den langen Weg dorthin zu begeben. Das erledigten meine Mutter oder ich.

Als ich unsere Wohnung betrat und meinem Vater, der es sich auf dem Sofa in der Wohnküche bequem gemacht hatte, den Zettel reichte, bekam er einen Tobsuchtsanfall, als er ihn las. „Ja ist der Kerl denn bescheuert? Das war so nicht ausgemacht. Sein Zeug soll er selbst essen. Ich will mein Geld."

Meiner Mutter gelang es nicht, ihn zu beruhigen. Meinem fünf Jahre älteren Bruder trug man nun auf, zum Metzger F. zu laufen und ihm diesen Zettel vor die Füße zu werfen. „Wir brauchen das Geld. Die Zeche Graf Bismarck wird wahrscheinlich dichtgemacht. Dann verliere ich meine Arbeit. Sag ihm das", bekam er von meinem Vater mit auf den Weg.

„Warum gehst du nicht selbst?", fragte mein Bruder, was meinen Vater dazu veranlasste, von der Couch aufzuspringen und ihm hinterherzulaufen. Mein Bruder war jedoch schneller, lief nach draußen und ward nicht mehr gesehen.

„Dann gehst du eben noch mal dahin", meinte mein Vater mit einem Blick auf mich. Ich weinte bittere Tränen, wischte sie mir mit den fettigen Händen vom Gesicht und anschließend in mein selbstgenähtes Ruhrpottdirndl. Mein Vater gab mir noch genaue Anweisungen, was ich diesem Metzger sagen sollte.

Mir war speiübel vor Angst, als ich den Metzgerladen wenig später wieder betrat. Ein kleines Mütterchen verstaute gerade ihre Einkäufe in einen Korb, ansonsten war der Laden wie ausgestorben. Die fast blinde Metzgersgattin starrte mich durch ihre Brillengläser böse an.

„Wat is denn noch?"

Ich bekam kein Wort heraus.

„Willste noch ein Stück Wurst? War dir wohl zu wenig, wat? Umsonst gibt es hier nichts mehr. Es sei denn, ich streiche es von dem Gutschein ab."

„Nein, ich will keine Wurst mehr. Die schmeckt nicht. Und mein Vater will keinen Gutschein. Er will das Geld."

Die Dame steckte ihren Lockenkopf durch das winzige Fensterchen, welches in den Schlachtraum blicken ließ, um lautstark nach ihrem Gatten zu rufen.

Dieser erschien kurz darauf im Laden und stemmte seine Arme in die ausladenden Hüften. „Macht dein Alter Ärger, Kleine?"

„Mein Vater will das Geld. Das mit dem Gutschein war nicht ausgemacht. Wir brauchen das Geld. Weil es schlecht um die Zeche steht."

„Um meinen Laden steht es auch schlecht. Die Kunden werden ständig weniger. Außerdem ist es doch egal, ob Geld oder Gutschein. Fleisch und Wurst kauft ihr doch auch ein."

„Ja aber nicht hier; die kaufen wir in der Kronprinzenstraße, weil es dort besser schmeckt."

Wütend griff er nach einem Fleischklopfer und schlug mit ihm mehrmals auf die Theke, wohl um seinen Frust zu verarbeiten. „Eine Frechheit is dat, sowat zu behaupten." Der Metzgermeister sprang im Dreieck, seine Frau verzog sich nach hinten.

„Mein Vater hat gesagt, wenn Ende der Woche das Geld nicht da ist, geht er zum Schiedsmann", rief ich noch im Hinausgehen.

„Soll er ruhig. Hat er wat Schriftlichet?" Es folgten noch einige Schimpfworte.

Wieder in unserer Wohnküche, berichtete ich meinen Eltern, was der Metzger gesagt hatte, und verkündete gleichzeitig, dass ich nie wieder dort hingehen würde. Zum Trost kochte meine Mutter mir einen köstlichen Vanillepudding.

Mein Vater goss sich einen Bergbauer ein und beruhigte sich so langsam. Nach einem weiteren beschloss er, eine Woche lang abzuwarten.

Und dann? Was dann?, fragte ich mich. Würden wir in den nächsten Wochen die olle salzige Wurst des Metzgers essen müssen? Hatte mein Vater überhaupt den Mut, diesen Schiedsmann, der zwei Straßen weiter wohnte, aufzusuchen?

Jeden Tag, wenn mein Vater müde mit schwarzumränderten Augen von der Schicht unter Tage kam, wütete er über den Metzger. Mit seinen Kohlen würde er sich den Hintern wärmen; das ginge gar nicht.

Mit einem Wintermantel für mich würde es ebenfalls schlecht aussehen. Würde ich noch einen Winter lang den alten umgeänderten Mantel meines Bruders tragen müssen? Auch wenn meine Mutter die Knopfleiste versetzt und andere Knöpfe an den schrecklichen Mantel genäht hatte, blieb es ein

Jungenmantel. Allein dieses Pfeffer-und-Salz-Muster war schrecklich. Gute Qualität? Pah!

Aber ich hatte Glück. Es sollte einen neuen Mantel für mich geben. Gegen Ende der Woche schmiss der Metzger einen blutverschmierten Umschlag mit dem Geld in unseren Briefkasten. Gegrüßt hat er uns nie wieder. Wenig später musste er seine Metzgerei schließen.

Annika Schuppelius
Ozzy aus der Grube

Ob Friedrich oder Heinrich – haben Sie sich schon einmal gefragt, wie ein Schacht zu seinem Namen kommt? Bei der folgenden Geschichte handelt es sich um den Namensgeber der „Oswaldgrube“ in Kamp-Lintfort, auch „Schacht 666“ genannt. Noch nie gehört? Die Geschichte dahinter ist so schaurig-schlimm, dass der Schacht von Behörden und Tierschützern geschlossen wurde. Heute weiß keiner mehr, wo genau er sich befunden hat. Die Geschichte dahinter? Teilweise erfunden, teilweise echt, teilweise dem Leben eines Rockstars entnommen.

„Boah, Mamotschka, ich hab kein Bock auf ein Medizin-Studium“, sagte Ozzy, während er am Esstisch Pelmeni formte, ein typisch russisches Gericht aus gefüllten Teigtaschen. „Oswald, mit einem Einser-Abitur willst du da unten in den Dreck? Da ist es gefährlich, und die wilden Tiere!“, seufzte die Mutter und rührte den Topf mit kochender Brühe um. Oswald hatte sich gegen Mutter Helena und für eine Ausbildung unter Tage entschieden. Was sollte es da schon für wilde Tiere geben? Er wohnte zwar noch bei ihr, aber er wollte raus aus diesem Kitsch. Seine Mutter war das krasse Gegenteil von ihm. Er liebte Black Metal, alles was schwarz, dunkel und dreckig ist. Sie war extrem sauber, penibel, konservativ und schmückte beinahe jede freie Fläche in der 54-Quadratmeter-Wohnung mit kleinen Häkeldeckchen und Plastikblumen.

Fasziniert vom Dunklen, Dreckigen und der Tiefe, bewarb Ozzy sich zur Ausbildung zum Industriemechaniker unter Tage und schaffte sie nach drei Jahren mit Bravour, zumindest dachten das seine Ausbilder bis zu seinem letzten Tag.

Der Tag vor der Lossprechung. Ozzy war wie immer in seine eigene Welt versunken. Was nie einer mitbekam: Wenn es hinab unter Tage ging, schmuggelte er heimlich seinen MP3-Player mit. Er war zwar der Beste in seinem Jahrgang, aber wohl auch der Beste, wenn es darum ging, Dinge zu verheimlichen. Man habe ja eh Ohrenschützer auf, und er störe ja niemanden mit der Musik, dachte er sich, so blauäugig wie er war.

An diesem letzten Tag vor der Lossprechung hörte er mal wieder seine Lieblingsband „Pantera“. Volle Pulle aufgedreht, verstand sich. War ja nicht mehr lang bis zum Abschiedsdubbeln, also gab er sich noch mal eine ordentliche Dröhnung. Mama hatte extra 20 Mettbrötchen vorbereitet und sie Ozzy in einer gehäkelten Tasche am Morgen des letzten Ausbildungstages mitgegeben. Dass Ausbilder und Kollege Klaus ihm sagte, er solle die Brötchentüte wegschließen, hörte Ozzy dank der ohrenbetäubenden Musik natürlich nicht.

„Hömma, Ozzy“, schrie Klaus und klatschte ihm dabei auf die Schulter. Ozzy nahm sogleich Ohrenschützer samt Kopfhörer ab. „Hömma“, wiederholte Klaus und fuhr fort: „Komm, wir schieben uns mal wat zwischen die Kauleiste. Hol ma die Mettbrötchen.“ Während Ozzy die gehäkelte Tasche suchte, die noch immer in einer dunklen Ecke stand, begann Klaus mit seiner Rede: „Mein Jung, heute is dein letzten Tach. Wir sind stolz auf dich, du bis echt einer der besten Azubis, die wir je hatten. Wir werden dich nie vergessen! Allet Jute auf deinem weiteren Weg.“ Inzwischen hatte Ozzy die Mettbrötchen gefunden und verteilte sie an seine Kollegen. Ein letztes Brötchen für ihn war noch in der Häkeltasche übrig, die mittlerweile kaum noch weiß war. Mama meckert bestimmt, dachte er. „Danke“, stammelte Ozzy und hob sein Mettbrötchen wie zum Toast nach oben.

Noch heute wünscht man sich, Oswald, den alle bis auf seine Mutter Ozzy nannten, hätte besser auf den Kollegen Klaus gehört und die Brötchen in den Schrank geschlossen. Als er nämlich das Dubbelpapier öffnete und in das letzte Brötchen biss, schmeckte es leicht metallisch. „Etwas knorpelig“, nuschelte er mit vollem Mund und schluckte den Bissen hinunter. Eine rote Soße lief ihm über das Kinn. Als ihm klar wurde, wo er da draufgebissen hatte, ließ er Brötchen und Häkeltasche auf den Boden fallen. Die Kollegen blickten Ozzy mit großen Augen und voller Ekel an. Ein kleines felliges Etwas, oder das was davon übrig war, huschte zwischen den Brötchenhälften hervor und rannte in die Dunkelheit, während Kollege Klaus sein Mettbrötchen bereits rückwärts aß.

Oswald, den alle bis auf seine Mutter Ozzy nannten, war seit diesem Tage nicht nur Industriemechaniker, er war seit diesem Tage auch Vegetarier. Und mit seiner Behauptung, man werde ihn nie vergessen, sollte Klaus recht behalten. Noch heute erzählt man sich, bei Vollmond liefen kopflose Mäuse durch die Straßen Kamp-Lintforts. Und man würde ihre piepigen Schreie hören, man würde dort „Ozzy kommt …“ rufen. Und so kam die „Oswaldgrube“, von der heute keiner mehr weiß, wo genau sie sich befunden hat, zu ihrem Namen.

Inge Meyer-Dietrich
Als ich klein war

Ich weiß noch, im Winter
brannte der Himmel
über dem Kohlenpott
schon früh nachmittags.
Und der wenige Schnee
hatte schnell schwarze Flecken.
Kohlenstaub überall.
In den Hautritzen.
Auf meiner weißen Sonntagsbluse.
Und auf den Fensterbänken immer
eine dünne schwarze Schicht,
in die ich Männchen malen konnte
und: Du bist doof.
Kohlenstaub überall.
Aber die Wärme war gut.
Steinkohlenwärme.
Rück an den Ofen.
Spiel mit Schwarzer Peter.
Und Omma erzählt
die Geschichte vom Hirten,
der brennende Steine fand.
Ich weiß noch,
die Männer vom Pütt
sahen komisch aus
nach der Schicht.
Müde Clowns,
nachlässig abgeschminkt.
Doch als Onkel Jupp
zu husten begann,
und in seine Augen
kroch Angst,
da blieb mir das Lachen im Hals.

Elke Schleich
Josef Frings sei Dank

Mitten in der Nacht stand Paul leise auf. An Schlaf war nicht zu denken gewesen. Er wollte Minna nicht aufwecken und drückte das Läutewerk des Weckers mit geübtem Handgriff aus, bevor es zu rasseln anfangen konnte. Im Dunkeln tastete er sich in die Wohnküche, wo er seine Sachen bereits am Abend zuvor bereitgelegt hatte. Es war eisig kalt. Schon lange hatten sie den Herd nicht mehr einheizen können. Das kärgliche Mittagessen kochte Minna nebenan bei ihrer kränkelnden Tante Berta. Die hatte es auf der Lunge. Besser bei ihr ein bisschen Wärme verbreiten, wenn man etwas hatte, was in den Ofen gesteckt werden konnte.

Während sich Paul fröstelnd das Nachthemd auszog, versuchte er, seinen auf dem Sofa schlafenden Sohn zu wecken. „Walter“, raunte er, „wach werden! Is soweit!“ Doch der regte sich nicht. Paul zog sich das gerippte Unterhemd, das Flanellhemd und die Strickweste an; dann rüttelte er leicht an Walters Schulter, die sich unter der Bettdecke abzeichnete. „Aufstehen, wir müssen!“

Paul stieg in die mehrfach geflickte Manchesterhose. Endlich ein Gähnen, das weiße Oberbett wurde zurückgeschlagen.

In dem Moment, in dem ihm einfiel, dass er doch noch einmal ins Schlafzimmer musste, weil Wollmützen und Schals dort in der Kommode lagen, tat sich mit einem leisen Knarren die Tür hinter ihm auf.

„Minna“, flüsterte er, sich umdrehend, und dachte nicht daran, dass es eigentlich gar keinen Grund mehr für das Flüstern gab.

Seine Frau stand mit dem Nachtlicht in der Hand im Türrahmen. Die Schlafhaube war schief über ihr linkes Ohr gerutscht, hinter dem der Anfang des langen Zopfes hervorlugte und dieser über ihre Schulter und die Brust fiel. Tagsüber war er sorgsam zu einem Dutt zusammengesteckt.

Ohne ein Wort zündete Minna, um Strom zu sparen, zwei weitere Kerzen an und knöpfte den Mantel zu, den sie übers Nachthemd angezogen hatte. Sie schnitt ein aus der Brottrommel geholtes Knäppchen in zwei Teile und kratzte auf beide ein wenig Margarine.

„Ihr könnt doch nich nüchtern los“, sagte sie, während sie den beiden aus der bereitstehenden Thermosflasche Tee eingoss.

Paul und Walter hatten die Tassen geleert und griffen nach ihren Rucksäcken.

„Seid bloß vorsichtig! Wenn et brenzlig wird, haut lieber ab.“

Paul blickte sich am Treppenabsatz noch einmal zu seiner Frau um, die in der offenen Tür stand, und hob die Hand. „Wir passen schon auf.“ Dann folgte er Walter.

Sobald sie in den Hinterhof traten, schlug ihnen die scharfe Kälte entgegen und biss in ihre Gesichter. Schon seit Wochen peinigte sie die Kälte, wollte nicht weichen und war neben dem Hunger allgegenwärtig.

Walter holte die Handkarre aus der Ecke neben der Kellertreppe. Am Tor wartete er, bis sein Vater einen prüfenden Blick durch den Spalt geworfen hatte. Frostigweiß glitzerndes Pflaster im Licht des abnehmenden Mondes. Keine Menschenseele auf der Jakobstraße. Die sibirischen Temperaturen würden wohl kaum jemand zu dieser Uhrzeit aus dem Haus treiben. Paul hoffte, dass das auch auf die Militärkontrollen der britischen Besatzer zutraf, und schob das Tor weit auf. Das Rumpeln der Karre dröhnte ihm laut in den Ohren. Immer wieder blickte er sich um, ob die Luft rein war. Erst als sie den Grünen Weg erreicht hatten und Walter den Schein der Taschenlampe vor ihren Füßen tanzen ließ, wurde er ruhiger. Unwahrscheinlich, dass sie ausgerechnet hier entdeckt würden.

Ein paar Minuten marschierten sie rechts und links der Deichsel, und es waren nur ihre gleichmäßigen Schritte und das Rollen der Holzräder zu hören.

Dann fragte Walter auf einmal: „Und du bis sicher, dass der Frannek dich nich veräppelt hat?"

Paul brauchte nicht zu überlegen. „Würd der nie machen. Is en Töften. Kenn ihn schon ewig, seit der Volksschule."

„Warum geht der denn nich selber?"

„Der hat doch Nachtschicht."

„Ach, is dat der von Consol?"

„Jau. Der uns ab und zu schomal en Eimer von seine Deputatkohle gegeben hat."

„Der hattet gut."

Dazu sagte Paul nichts.

Klar, die Bergmänner auf der Zeche hatten es leichter in diesen Zeiten. Keine eisigkalte Wohnung, wo der Herd nur zum Kochen der spärlichen Mahlzeiten befeuert wurde und einmal die Woche fürs Erhitzen des Badewassers. Und erst die CARE-Pakete, die die Kumpel kriegten … Ein bisschen neidisch konnte man da werden. Aber der Frannek war trotzdem en Töften. Gab ihm oft was ab – und eben gestern auch diesen Tipp: „Am Bahnhof Schalke steht en Waggon mit Zucker, Mehl und Reis."

So hatte Paul nicht lange gezögert. Nur erwischen lassen durfte man sich nicht. Bestraft würde man. Es war Klauen, Diebstahl, auch wenn das „Fringsen" um sich griff und selbst die Gläubigsten nicht mehr davor zurückschreckten, seit Kardinal Frings sozusagen Generalabsolution erteilt hatte.

„Meinste, Mutter macht uns zum Frühstück Pfannkuchen, wenn wir wat mitbringen? Bisken Milch hat se noch, da war ich gestern zwei Stunden für anstehen, weißte ja. Und zwei Eier sind auch noch da. Oh Mann, dat wärt …“ Er seufzte.

Paul dachte, dass sein Walter, obwohl an der Front gewesen, eigentlich noch ein Junge war. „Halt mal lieber die Klappe“, sagte er, denn sie verließen den Schutz der kahlen Bäume im Grünen Weg und mussten nun über die Hochkampstraße weiterlaufen.

Als sie nach einer guten halben Stunde den Schalker Bahnhof fast erreicht hatten, hörte Paul ein Geräusch und blieb abrupt stehen. Irgendetwas tat sich da. „Komm!“, flüsterte er Walter zu und drückte sich mit ihm und der Karre hinter die Mauer einer Hausruine.

Vorsichtig äugte er um die Ecke. Zwei Schatten näherten sich, wurden zu Männern mit Fahrrädern; auf beiden Gepäckträgern lag je ein prall gefüllter Sack. Paul zog den Kopf zurück. Schwer in die Pedale tretend, passierten die Männer Vater und Sohn, ohne sie zu bemerken.

Nachdem die kalte Dunkelheit die zwei geschluckt hatte, sagte Walter: „Vatter, et stimmt, da is wat zu holen.“ Und Paul bemerkte die Freude in seiner Stimme.

Gebückt schlichen sie über das Bahnhofsgelände. Den Karren hatten sie erst einmal an der Straße stehen lassen – zu laut, zu auffällig. Sie huschten, so schnell es mit eingezogenen Köpfen ging, über das Gleisbett, verharrten hinter dem Stellwerkhaus.

„Da sind sie“, flüsterte Walter.

Ja, auch Paul sah im schwachen Mondlicht die beiden Güterwagen stehen. Die einzigen. Weiter weg, hinter dem kleinen Bahnhofsgebäude, meinte er die Umrisse einer Dampflok zu erkennen. Die gespenstische Ruhe ließ ein mulmiges Gefühl in ihm aufkommen, aber viel mehr störte ihn etwas anderes: Warum, verdammt noch mal, waren das da offene Waggons? Damit transportierte man doch keine Lebensmittel!

„Sollen wir?“ Walters weißes Atemwölkchen streife ihn.

Schon wollte sein Sohn vorpreschen, doch Paul hielt ihn am Ärmel fest. „Bleib hier!“

In dem Moment tauchten über dem Rand des einen Waggons Köpfe auf. Drei waren es. Wie in einem Kasperletheater, ging es Paul durch den Sinn. Eine Sekunde später kam nach einem der Köpfe auch ein ganzer Mann zum Vorschein, der herauskletterte, unten wartend hochschaute. Die anderen zwei warfen einen Sack hinunter; der Mann tat sich schwer, ihn auf seine Schulter zu laden und damit wegzulaufen.

„Vatter“, flüsterte Walter aufgeregt, „dein Frannek is ne Wucht.“

„Jetzt!“

Sie rannten los, auf den Waggon zu, von dem soeben die beiden Männer heruntersprangen.

Keuchend schulterte der kleinere einen der zu Boden geworfenen Säcke. „Is noch genug da“, sagte er und grinste Paul an, bevor er sich mit seinem Kumpel und der Beute davonmachte.

Paul half seinem Sohn, mit einer „Räuberleiter“ in den Waggon zu klettern, hörte das Geräusch, als er darin ankam. Seltsam, irgendwie knirschend, raschelnd.

„Vatter, du glaubset nich!“

Und da wusste Paul plötzlich Bescheid.

Gegen vier Uhr morgens waren sie zurück. Die Augen tränten, die Nasen trieften, doch Paul wurde es ganz warm in seinem Innern, als er langsam mit der Last auf seinem Rücken neben seinem Sohn die Treppen hinaufstapfte.

Minna riss die Tür auf. „Gott sei Dank! Kommt rein!“ Sie drehte am Lichtschalter, blies danach die Kerze auf dem Tisch aus. Ihr Blick schweifte prüfend von einem zum anderen. „Und? Mit volle Rucksäcke?“

Paul nickte, machte ein ernstes Gesicht. „Schon. Aber anders, als du denkst. Nix zum Essen.“

„Kein Mehl, kein Zucker …?“ Minna konnte ihre Enttäuschung anscheinend nur schlecht verbergen. „Aber wat habt ihr denn dadrin?“

Wortlos nahmen Walter und Paul die Rucksäcke ab, und Walter öffnete seinen.

Minna beugte sich darüber. Während Vater und Sohn sich ansahen und grinsten, griff sie hinein. „Nee! Dat ist ja …“

„Schwarzes Gold!“ Walter lachte. „Und im Keller steht noch ne Karre voll.“

„Nee, nee …“ Minna schüttelte den Kopf, als wenn sie es nicht glauben konnte.

„Da lässt sich gut auch wat von tauschen“, sagte Paul. „Aber ersma heiz ich jetz den Herd ein. Und weißte wofür?“

Minna richtete sich auf, schaute ihn fragend an.

„Damit du uns Pfannkuchen zum Frühstück machst. Ne eiserne Reserve Mehl und Zucker haste ja noch.“

51
Prosper-Haniel

Ehrenhauerbrief
Zeche Zollverein
Herrn Gerald Friebauer
die Ehrenhauerwürde.

Franz Naskrent
Draußen, da ist die Freiheit

Wir Jungs aus der Bergmannskolonie wollten damals immer nur eins: raus, nach draußen spielen. Draußen, das hieß fast immer Fußball pöhlen, das hieß aber auch Sandkastenburgen bauen, Fangen und Verstecken spielen, Nachbars Hühner jagen und in Opas Garten Johannisbeeren klauen. Die roten, weil Opa die schwarzen dringend für den Aufgesetzten brauchte. Aber das habe ich erst viel später verstanden. Wir Dreikäsehoch waren Ritter und haben mit Kohlprengeln gefochten, bis der Erste wegen der blauen Flecken heulte oder die Prengel kaputt waren.

Später, als wir schon zur Volksschule gingen, haben wir Cowboy und Indianer gespielt, mit Pistole, Friedenspfeife und Feuerwasser. Und da ist mir das erste Mal schlecht geworden. Meine Cousine Anneliese und ihre Freundin Siegrid haben mich ausgelacht, als sie das hörten. Mädchen eben, von denen wir Jungs überzeugt waren: Mit denen kannst du nix anfangen, nicht mal Cowboy spielen. Das sollte sich später entscheidend ändern.

Draußen, das war damals für uns Jungs ausse Siedlung in Batenbrock Freiheit, Abenteuer!

Manchmal floss auch Blut. Da waren aber nur die kurzen Hosen schuld, und weil bis in die 1960er Jahre Wege und Straßen mit Sand und Kies bedeckt waren, Asphalt kam erst später. Bei Kloppereien fiel man schnell hin, und die Kieselsteine waren scharf wie Pittermesser. Mama zuckte meist nur die Schultern und holte Jod und Pflaster – außer wenn Kniestrümpfe oder Pullover ein Loch hatten. Da gab's was um die Ohren; denn Papa musste für sein Geld hart arbeiten. Damals noch bis zu sieben Tage die Woche. Das schönste Weihnachtsgeschenk war dann auch, wenn er wenigstens Heiligabend mal frei hatte.

Einmal aber wurde aus unserem Spiel Ernst. Ich war vielleicht vier Jahre alt, und bei einem hart umkämpften Schwertkampf in Opas Siedlung am Laerkamp schlug mir mein Freund Reinhard den Kohlprengel aus der Hand. Reaktionsschnell sprang ich nach meiner Waffe – stolperte aber und landete in der Jauchegrube. Ich drohte, in der Schweinegülle zu ertrinken: Die Mistkuhle war über einen Meter tief. Meine Spielkameraden rannten sofort los, um Hilfe zu holen. Stammelten aber vor Aufregung irgendein Kauderwelsch. Opa jedoch verstand, holte eine Stange mit Haken aus dem Schweinestall und zog mich aus der Jauchegrube.

Bis heute kann ich noch die wohlig-warme Haut aus dickflüssiger Jauche und pieksendem Stroh spüren, wenn ich daran denke. Wie auf Eiern wandelte ich über den Hof, vorbei am Hühnerstall, aus dem ein eigenartiges Gackern erklang, als lachten die Hühner. Alle Nachbarskinder machten mir respektvoll Platz. Weil ich angeblich so gestunken habe, wie Cousine Anneliese später erzählte und sich ihre Sommersprossen-Nase zuhielt. Mädchen eben: Die hat sich schon als Dreijährige Lippenstift und Kölnisch Wasser ins Gesicht geschmiert.

Für mich war nur eins wichtig: Ich hatte mein „Schwert" wieder.

„Du hast es auch nicht eine Sekunde losgelassen", lächelte Opa.

Alle waren scheinbar stolz auf mich; denn Mama hat sogar geweint, aber nicht gewagt, mir meine Jauche-Rüstung auszuziehen. Vielleicht haben die Klamotten ja doch etwas gemüffelt. Nur Tante Klärchen, meine Lieblingstante, hatte da keine Probleme, zog mir Hemd, Hose, Socken vom Leib und steckte alles ins Wasser. Mich inbegriffen: Nackig stand ich in der Zinkwanne, als die Tante mich kräftig abschrubbte. Und nie werde ich den heißen Kakao vergessen, den sie mir hinterher gekocht hat und den ich auf Opas ollem, durchgesessenem Sofa genossen habe, als wär's Nektar. Warm eingewickelt in eine Decke. Irgendwann bin ich dann eingeschlafen, mein Schwert weiter tapfer in der Hand.

Opa hat gleich am nächsten Tag die Mistkuhle mit Holzbohlen vernagelt, und seitdem hatten wir sogar eine Zugbrücke für unsere Schwertkämpfe.

Noch für einige wenige Jahre genossen wir Jungs aus der Siedlung Freiheit und Abenteuer. Bis uns endgültig die Mädchen dazwischenkamen.

Gerd E. Schug
Wie 1000 Ltr. in einen 900 Ltr. fassenden Förderwagen passen

Wie gelangt das Schwarze Gold des Reviers ans Tageslicht? Der Weg aus den jeweiligen Abbaurevieren bis zum Schacht ist sehr lang, es müssen meist mehrere untertägige Kilometer überbrückt werden. Seit 1987 wird die Kohle auch über Transportbänder, wie den Schrägschacht-Förderberg von Prosper II in Bottrop, zu Tage gebracht. Früher waren hier meist Grubenloren, auch „Hunde" genannt, im Einsatz, die durch Strom, Diesel oder Pressluft angetriebene Loks zum Förderschacht gebracht wurden. Nach dem Entleeren der Kohle gelangten die Loren wieder in den normalen Wagenkreislauf. Einige der sogenannten „Leeren" wurden jedoch zum Transport von Material innerhalb des Grubengebäudes genutzt. Dazu gehörten oft Bergematerial zum Verfüllen der ausgekohlten Flöze, Maschinen oder Ausbaumaterial wie Stempel aus Metall und Holz. Jede Zechengesellschaft verfügte über metallene Transportgefäße mit unterschiedlichem Fassungsvermögen. Loren, die 1000 Ltr. Kohle aufnehmen konnten, waren aber auf den meisten Revierzechen im Einsatz. Es waren Standardtypen, die unter anderem einst von der ehemaligen Herner Firma Halstrick in großer Stückzahl gebaut wurden.

„Vertrauen ist gut – Kontrolle ist besser." Das wusste schon Lenin. Aber was nutzt die Kontrolle, wenn der zuständige Werksleiter die genauen Nachrechnungen ignoriert und sie einfach vom Tisch schießt.

In den 1960er Jahren, dem noch Goldenen Zeitalter des Ruhrbergbaus, war ich für die Holzwirtschaft einer großen Bergbaugesellschaft im Revier tätig. Dabei unterstanden mir als gelerntem Grubenholzkaufmann – diesen Beruf gab es wirklich einmal – die Bereiche Einkauf sowie Maß- und Qualitätskontrolle auf sieben Holzplätzen der Bergbaugesellschaft im Ruhrgebiet. Dabei war die Maß- und Qualitätskontrolle eigentlich eine Aufgabe der Revision, doch fehlte in dieser Abteilung ein Fachmann dafür.

Zu dieser Zeit wurde noch relativ viel Holz zum Ausbau und zur Sicherung von Kohleflözen oder Strecken benötigt, wobei schon der Trend zum Stahl mehr und mehr das Holz verdrängte. Das Grubenholz stammte aus vielen Regionen Deutschlands, auch des Südens, sowie aus Skandinavien und Russland. Das aus den letztgenannten Ländern stammende Holz war unter Tage besonders begehrt, da es von hoher Qualität war; entsprechend teuer war es aber auch.

Die Zechenholzplätze auf den jeweiligen Schachtanlagen mit ihren dazugehörenden Sägehäusern unterstanden den Vertragsgrubenholzhändlern. Auch die Maschinen in den Sägehäusern und die mobilen Geräte auf den Holzplätzen gehörten den Grubenholzhändlern. Lediglich das Gebäude des Sägehauses wurde zechenseitig gestellt.

Die gesamte Bewirtschaftung des Holzplatzes, die Vorratshaltung, die Bearbeitung im Sägehaus (wie das Anspitzen und Kehlen der Grubenstempel) sowie die Beladung der Förderwagen und deren revierzugeordnete Beschriftung hatte man dem Grubenholzhändler übertragen. Wichtigste Grundlage war: Die vom Grubenholzhändler notierten Mengen und Maße waren Bestandteil der Abrechnung. Das gesamte Abrechnungssystem basierte also auf Vertrauen und Kontrolle. Immerhin lag zu dieser Zeit das Bedarfsvolumen für die sieben Schachtanlagen der Bergbaugesellschaft immer noch bei rund 18 Millionen Mark pro Jahr. Deshalb wurden bei Verstößen bei der Mengen- und Maßangabe deftige Vertragsstrafen fällig.

Während jeder Grubenholzstempel einzeln vermessen werden musste, war für das qualitativ weniger wertvolle Holz für den Pfeilerausbau, das sogenannte Pfeilerholz, die „förderwagenweise Abrechnung" vereinbart. Bei diesem System wurde nicht mehr einzeln vermessen, sondern entsprechend dem Förderwagenvolumen und der entsprechenden Holzlänge ein Abrechnungsfaktor mit dem Grubenholzhändler vereinbart und festgelegt. Damit brauchte nur noch die Anzahl der gelieferten Förderwagen festgehalten zu werden. Das war eine große Arbeitserleichterung.

So machte ich mich eines Tages wieder auf den Weg zu einer großen Schachtanlage im mittleren Ruhrgebiet, denn bei einer vorherigen Kontrolle war mir aufgefallen, dass hier über einen Zeitraum von mehr als einem Jahr vermutlich eine fehlerhafte Menge abgerechnet worden war. Ich wollte daher die Fehlerquelle unbedingt entdecken.

Ausgestattet mit entsprechenden Messwerkzeugen fuhr ich los und sah mich auf dem Holzplatz der Schachtanlage um. Schnell erkannte ich, dass die Förderwagen des Bergwerks die Quelle des Übels waren. Nein, sie waren nicht defekt oder gar marode, sie waren technisch einwandfrei in Ordnung. Nur statt der rein rechnerisch möglichen Holzmenge von 0,9 Raummeter (entsprechend 900 Ltr.) wurde je Förderwagen 1,0 Raummeter (entsprechend 1000 Ltr.) abgerechnet!

Dieser Unterschied hört sich zunächst gering an, doch wenn man weiß, dass auf dem Holzplatz tagtäglich viele Dutzend Förderwagen mit dem Pfeilerholz beladen wurden, sieht alles schon ganz anders aus.

Zufrieden mit dieser Erkenntnis, fuhr ich zu meinem Büro in der Verwaltung zurück, um die entsprechenden Berechnungen durchzuführen und die notwendigen Schritte einzuleiten. Es folgten Regressforderungen, Gespräche mit der Werksdirektion, der Revision und diverser Briefverkehr mit dem Grubenholzhändler.

Dann ein Schock! Der Bergwerkschef hatte eine weitreichende Entscheidung gefällt: „Alles hat seine Richtigkeit. In unseren Förderwagen kann man durchaus 1,0 Raummeter Holz verladen." Der Schaden für die Gesellschaft war ganz erheblich gewesen. Doch nach dieser Antwort der Werksdirektion war für mich die Nachforderung endgültig vom Tisch.

Viel später erfuhr ich jedoch, dass der damalige Werksleiter und der dortige Grubenholzhändler gute Freunde waren. Sie gingen, so erfuhr ich, auch gemeinsam zur Jagd. Damit erhielt für mich der Begriff „Jägerlatein" eine weitere Bedeutung.

Als „Erklärung" sei noch hinzugefügt, dass zu der damaligen Zeit viele der Bergwerksgesellschaften großen Waldbesitz hatten. Dieser Waldbesitz sollte der Versorgungssicherheit mit Holz dienen. Auch die Bergwerksgesellschaft, bei der ich tätig war, hatte Waldbesitz im Westerwald, im Sauerland und im nördlichen Ruhrgebiet. Dabei lagen die Jagdrechte natürlich bei den Vorständen der Bergwerksgesellschaften. Damit bekommt der Begriff „Versorgungssicherheit" ebenfalls eine weitere Bedeutung.

Hans-Jürgen Bradler
Alle Tauben hießen Hänschen

Was wir auch machten und wo wir uns auch rumtrieben, über unseren Köpfen schwirrten Tauben. In großen Schwärmen sausten sie im Formationsflug durch die Luft und trainierten für ihren sonntäglichen Einsatz. Wohl jeder zweite Bergmann hatte einen Taubenschlag auf dem Dachboden seines Koloniehauses und züchtete Tauben. Auch meine beiden Onkel Fritz. Richtig, ich hatte zwei Onkel Fritz. Einer war der ältere Bruder unserer Mutter, der andere ein Schwager. Dieser hatte Mutters ältere Schwester, meine Patentante Hetti, geheiratet.

Was hatten die Kumpel denn außer ihrer Maloche auf dem Pütt? Fußball, Kneipe und eben Taubenzucht. Da ging es nicht nur darum, wer die meisten, schönsten oder wertvollsten Tiere hatte, nein, nein, sie wurden geschickt. Man nennt sie auch heute noch Rennpferde des Bergmanns. Man konnte auf seine Tauben wetten.

Samstags wurden die Tauben eingesetzt. Die besten Flieger wurden in Körben zum Lokal „Heideröslein“ getragen. Das „Heideröslein“ war das Vereinslokal aller Hordeler Taubenzüchtervereine. War auch logisch, es war das einzige Lokal in der Kolonie. Die Wirtsleute vom „Heideröslein“ müssen damals ganz gut rumgekommen sein.

Alle Tauben waren beringt. Sie trugen an einem Bein einen Ring mit einer registrierten Nummer, damit sie identifiziert und dem Besitzer zugeordnet werden konnten.

Vom „Heideröslein“ holte ein spezielles Taubentransportfahrzeug die Tauben ab und transportierte sie zu einem geheimnisvollen, entfernten Startort. Am Sonntagmorgen wurden sie dann aufgelassen. Bekanntlich verfügen Tauben ja über ein angeborenes Navigationssystem. Sofort orientieren sie sich Richtung Heimat und flattern los. Sie wollen schnellstens zu ihrem Heimatschlag.

Die Züchter standen dann am Sonntag in Gruppen auf den Straßen, starrten in den Himmel und warteten auf die Ankunft ihrer Renner. Sie hofften, dass ihre Vögel gut in Form waren und möglichst als als Erste in ihrem Schlag landeten. Für die Sieger waren Preise ausgesetzt. Im Schlag musste den Tauben der Ring abgenommen werden und in die geeichte Taubenuhr gesteckt werden. Die Uhr gab dann der Rennleitung Auskunft über die exakte Ankunftszeit jeder Taube.

Schiefgelacht haben wir uns immer, wenn so ein Modellathlet früh im Anflug war, sein Züchter wie Armin Hary bei seinem Weltrekordlauf auf seinen Schlag gesprintet war, um ihm den Ring abzunehmen, der aber keine Lust verspürte, durch die Dachluke zu kommen. Der Kröpper saß gemütlich auf dem Rand der Dachrinne, putzte sein Gefieder, blinzelte in die Sonne und erholte sich vom Flug. Was hatte der denn mit den Preisgeldern zu tun! Wenn er gekonnt hätte, hätte er bestimmt dem Züchter die lange Nase gezeigt. Das trieb den Züchter fast zur Verzweiflung. Er hing mit seinem Oberkörper aus der Luke, klapperte mit der Futterdose und jammerte: „Komm, Hänschen, komm – komm, Hänschen, komm – komm, Hänschen, komm ..." Doch sein Hänschen hatte keinen Bock, und er musste mit ansehen, wie ringsum später eingetroffene Tauben direkt in ihren Schlag flogen. Da landete so ein Versager schon mal auf kurzem Wege im Suppentopf. Taubensuppe soll gesund und schmackhaft gewesen sein. Ich hatte nie Gelegenheit zu probieren. – Übrigens hießen wohl alle Tauben Hänschen.

Im „Heideröslein" fanden auch regelmäßig Taubenausstellungen statt. Die waren immer gut besucht. Die Begeisterung für die Taubenzucht hat aber mit der Zeit gewaltig nachgelassen. Andere Hobbys sind in den Vordergrund getreten. Welcher Hauseigentümer lässt sich auch gerne von Tauben seinen Dachboden und sein Dach vollscheißen? Der Schlag muss ja auch sauber gemacht werden. Hundert Tauben kacken ganz schön was zusammen. Mit einem Spachtel wurde der vollgeschissene Boden sauber gekratzt und der Mist in einem Sack in den Garten transportiert. Die Herren Züchter schworen auf ihren Taubendünger und prahlten besonders mit ihren schmackhaften Tomaten. Onkel Fritz, Mutters Bruder also, riss einmal ein Sack im Treppenhaus. Da kam Freude auf. Er bewohnte mit seiner Familie eine Wohnung in einem Mehrfamilienhaus Am Maarbach. Da hatten alle Hausbewohner lange was davon. Danach transportierte er den Mist in Eimern – in Blecheimern.

24

12 Sitzplätze
Zeche Gneise

Hubertus A. Janssen

Halde Hilde

Halde war ich, Halde bin ich,
Tafel – oder Kegelschütt.
Künstlich aufgeschippter Hügel,
Halde Hilde ist kein Pütt.

Halde war ich, Hilde bin ich,
Kippe auch auf Bergmanns Land.
Haldenkörper aufgehildet,
halte ich als Hilde stand.

Halde war ich, Halde bin ich,
Berge, Abraum, Taubgestein.
Halde Hilde, ohne Kohle,
will nur immer Halde sein.

Peter Zontkowski
Dauerbrenner

Die langen Haare konnte man gut über dem Wohnzimmerofen trocknen. Über der aufsteigenden Luft. Das ging schneller als mit dem Föhn. Wenn dabei ein paar Haare auf der heißen Ofenplatte landeten, roch es für einen Augenblick angebrannt. Dann war die Frisur ausgehfertig.

Ich lebte in Räumen, die von Öfen beheizt wurden, auf denen Essen gekocht und anschließend warmgehalten wurde und auf denen der silberne Wasserkessel stand und pfiff, wenn das Kaffeewasser kochte.

Jahre später hockten wir bei Pete um den Zimmerofen gruppiert, der eigentlich für die gesamte untere Etage zuständig war und einen verbissenen, aber aussichtslosen Kampf gegen die Kälte führte, die durch die zugigen Fenster und Türen hereinkroch. In Petes Wohnzimmer, in dem die Sessel wegen der Bergschäden wie von Geisterhand von einem zum anderen Zimmerende rollten und in dem die Fensterscheiben fast immer beschlagen waren.

Neben dem viel zu kleinen Ofen aus tiefbraunen Kacheln lagerte ein kleiner Vorrat Briketts, auf einem Bogen Zeitungspapier gestapelt. Viel zu wenig für einen kalten Winter! Pete musste eben rationieren.

Immer war es das gleiche Ritual: Zuerst zerknülltes Papier, dann eine gute Lage Brennholz, und wenn es ordentlich brannte, wurde maßvoll Kohle aufgeschüttet oder wurden Briketts aufgelegt, die man aus Gründen der Sparsamkeit in nasses Zeitungspapier wickeln konnte, damit sie nicht so schnell durchglühten. Was unten wieder rauskam, durch den Schüttelrost in den Aschekasten fiel, nannte Vater „Schlacke" oder auch „Schröben". Entweder landete es im Müll, oder die Erwachsenen streuten das Zeug auf unsere Schlinderbahnen in der Siedlung. Grobes, schartiges Zeug, das fies knackte, wenn man drauftrat.

Im Winter rauchten die Schornsteine in der Siedlung grau und manchmal auch gelb. „Der Schwefel", meinte Vater. Alle Haushalte heizten, es wurde gekocht und warmgehalten. Das Feuer konnte man riechen, in den Straßen und Höfen und manchmal auch in den Wohnungen, wenn die Öfen schlecht zogen, weil der Luftdruck hoch war und eine unsichtbare Faust auf den Kaminen lag. Es war die Zeit, als man mit zwanzig Grad zufrieden war und Eisblumen an den Fensterscheiben nichts Außergewöhnliches waren.

Der Kohlevorrat wurde schon im Sommer angelegt; da war der Tonnenpreis niedriger. Wer es sich leisten konnte, ließ in Säcken liefern, sonst musste man schöppen und die schweren Eimer durch den Flur tragen – und das mitten im Sommer, wenn der Winter noch weit weg war.

Dauerbrandöfen! Dauerbrenner! So ein Ofen sollte angeblich nie ausgehen. Mit regulierbarer Luftzufuhr. Das Ding war über einen Meter hoch. Wenn man einen Hocker davorstellte, konnte man sich dran anlehnen. „Gut gegen Kreuzschmerzen", meinte Vater, aber ich kannte noch keine Kreuzschmerzen.

Die Tapete auf der Wand hinterm Ofen war immer dreckig. Vater klebte einen abwaschbaren Belag darauf, bis zur Decke. Elefantenhaut! Mutter konnte den fettigen Ruß dann einfach abwischen, ohne ihn zu verschmieren.

Brennholz wurde geliefert, in Säcken, astfrei. Wenn es im Ofen verräterisch knackte und rumorte, meinte Vater: „Da war ein Ast."

Immer wieder ging es in den Keller, die Kohlentröte ratschte über den rauen Estrich, und der Vorrat für den Winter schrumpfte, weil die Tage und Nächte kalt waren. Es kam vor, dass wir nachbestellen mussten. Niemand wollte frieren.

Eierkohlen, Nusskohlen, Fettkohlen, Koks, Anthrazit oder Briketts. Jahrelang hatte man das schwarze Zeug aus der Erde geholt, zu Halden aufgeschüttet, in die gierigen Schlunde der Industrien verfüttert und in warmen Wohnzimmern verheizt. Unter unseren Füßen, tief in der Erde, existierte ein Gewirr von Gängen, Schächten und Hohlräumen, quer durchs Land. Wir lebten wie auf einem brüchigen, löchrigen Sieb, und ich kannte ein Haus in einer alten Zechenkolonie, an dem ich oft vorbeikam, wenn ich unterwegs zu Pete war, das auf einer Seite ein ordentliches Stück abgesackt war und aussah wie ein sinkendes Schiff. Der Putz auf der Fassade war von Rissen durchzogen. Bestimmt rollten bei den Leuten, die dort wohnten, auch die Sessel wie von Geisterhand.

Freitagabende mit guten Freunden und Ofenwärme waren etwas Herrliches. Einfach gemütlich. Gerd heizte mit Anthrazitkohle, in einem Spitzen-Kachelofen, auf dem er sein Kaffeewasser heiß machte. Er goss den Kaffee von Hand auf, und dazu gab es Röstbrot mit Gouda und Camembert und eine Portion Maroc aus der Pfeife mit der passenden Musik. Bei Gerd brauchtest du keinen Pullover.

Heizstrahler, Heizlüfter, Heizsonnen mit rotglühenden Heizspiralen und Radiatoren, mit Öl gefüllt, die man auf Rollen durch die Wohnung bewegen konnte. Nachtspeicherheizungen luden sich am Stromnetz auf und lieferten eine staubtrockene Wärme. Fernwärme wurde durch ein weitverzweigtes Netz geleitet, vom Heizkraftwerk bis zum Heizkörper an der Zimmerwand. An allem habe ich mich gewärmt. Ich musste kein Schüttelrost mehr betätigen, keine Asche mehr wegbringen, das Ratschen der Kohlentröte war verstummt und der kleine Vorratsstapel Briketts lange verfeuert.

An den beschlagenen Fenstern in Petes Wohnzimmer bilden sich die ersten zarten Blumenmuster. Der Wind steht vor dem Haus, kommt von Osten und bringt mehr Kälte mit. Wir ziehen die dicken Jacken über, wickeln Schals um den Hals, und Pete geht noch mal zum kleinen Ofen, legt zwei Briketts auf und schließt die Luke wieder. Vielleicht hält sich bis morgen früh etwas Glut. Wenn nicht – zerknülltes Papier, eine gute Lage Brennholz, und wenn es richtig gut brennt, Briketts auflegen.

Draußen empfängt uns der Ostwind und der vertraute Geruch aus den Schloten. Der Wind packt die Rauchsäulen, trägt sie fort, durch unsere Straßen, unser Gebiet, unsere Stadt.

Philip Stratmann
Die Abdrücke sieht man immer noch

Die Abdrücke sieht man immer noch. Dabei ist er letzte Woche gestorben – Lunge oder Herz, so genau konnte oder wollte es keiner mehr wissen. An der Garderobe hängt noch seine Jacke. Darunter die Arbeitsschuhe. Otterbeck – Größe 44, ein Leben lang, mittellang. Außer diesen Schuhen hatte er eigentlich nur noch seine Pantoffel. Seine Arbeitsschuhe trug er meist bis zu Hause und von dort auch auf dem Weg zurück zur Arbeit. Seine Kleidung wechselte er wie vorgeschrieben am Schichtende und ließ sie in der Kaue zurück, die Schuhe aber nahm er immer mit. Keiner weiß so richtig, wie er das schaffte. Und warum.

Die Abdrücke sieht man immer noch. Der Kohlenstaub fraß sich über die Jahre tief in den Teppichboden ein, und je mehr Mutter putzte, desto mehr einte er sich mit den Fasern. So wurde das Beige im Laufe des Jahre zu Grau und Schwarz. Trotzdem sind die Abdrücke in diesen Abstufungen von Schwarz gut zu erkennen. Ungeordnet, wie wenn eine Horde vorbeigelaufen wäre, nur brauchten diese Spuren Jahre, Jahrzehnte. Da der erste Schritt durch die Tür, mit rechts. Links vorn Richtung Garderobe, rechter Fuß leicht nach links vor die Garderobe gedreht.

Seine Arbeit hatte mich nie wirklich interessiert, so wie er sich für mich, dachte ich. Seine Familie als hübsche Uhr, er das Uhrwerk. Man sieht es nicht, aber ohne geht es nicht. Und mit dem Uhrwerk stand auch die Familie still, so dass nicht einmal jemand seine Schuhe wegräumte. Nun stehen sie dort, unberührt, ungeschnürt, während sich die Kohle immer tiefer zurück in den Boden gräbt.

Als ich sie nehme, hinterlassen sie einen schwarzen Abdruck auf dem Boden. Die Schnürsenkel sind fest geworden, schon beim Anfassen werden auch die Hände schwarz und beim Anziehen werden es auch meine Strümpfe. Die Schuhe sind zu groß, und dennoch drücken sie meinen Fuß. Sie schmerzen beim Gehen.

Der lose sitzende Staub drückt sich sofort fest in den Boden, so dass auch ich meine Spuren hinterlasse. Im Hausflur legt er sich sanft auf den glatten Boden und wartet geduldig, aber sicher nicht lange auf den nächsten Wischmopp.

An den harten Steinstufen fallen die groben Kohlenstücke aus der Sohle. Vier Millimeter sind sie alle breit, sonst wären sie nicht in den tiefen Profilrillen hängen geblieben. Der raue Asphalt auf Bürgersteigen schlägt die fester sitzenden Stücke aus. Der Kiesel auf dem Weg Richtung Wasser schleift die Sohle sauber. Vom feuchten Gras auf den Wiesen wird der Staub sanft abgewischt und in den seichten Seitenarmen der Emscher von Sohle und Schaft

abgewaschen. Für einen Moment wird das Wasser dunkler, obwohl die Schuhe schon recht sauber sind. Tief in der Nacht hämmern die Bässe in den zu Diskotheken umgebauten Zechen die letzten Reste ab, die schließlich im nächtlichen Wind auf der Brücke über der 42 mit dem Feinstaub Pogo tanzen.

Die Treppe ist schon wieder sauber. Die Schuhe hinterlassen keinen Schmutz mehr. Nachbarn und Mutter wird es freuen.

Die Abdrücke sieht man immer noch.

Sarah Meyer-Dietrich
Der Himmel nur

„Blau und Weiß, wie lieb ich dich." Gesang aus Tausenden von Kehlen. Wie aus einer einzigen, großen. Gesang, der alles übertönt. Nein. Übertönen sollte. Weil ich jetzt nur an das UEFA-Cup-Finale denken will. Nur blauweiße Gedanken. Keine schwarzweißen an Papa. Papa, von dem ich glaube, dass in seinem Kopf alles schwarzweiß ist. Wie seine Kinder- und Jugendfotos. Wie die Zeitungsmeldungen, die er ausschneidet und sammelt. Meldungen über Streiks und Demos, mit denen die Kumpel gegen die Schließung der Zeche Hugo und gegen die Abschaffung der Subventionen im Steinkohlenbergbau protestieren, die doch längst beschlossen sind. Aber Papa will es nicht einsehen. Seine Kollegen wollen es nicht einsehen. Weil sie nicht rauskommen aus ihrem Schwarzweiß. Weil sie steckengeblieben sind. Und die Welt sich ohne sie weiterdreht. Längst weitergedreht hat.

„Blau und Weiß, verlass mich nicht." Worte aus Tausenden von Kehlen. Verlass mich nicht. Worte, die ich in Papas Augen immer öfter zu lesen glaube. Wenn ich davon rede, wegzugehen aus Gelsenkirchen zum Beispiel. Noch drei Jahre bis zum Abi. Bis zur Jahrtausendwende. Bis ich dieser Stadt ohne Zukunft endlich auf Wiedersehen sage.

Auf Wiedersehen hab ich vorhin auch zu Papa gesagt. Er hat nicht aufgeschaut. Hat auf der Couch gesessen und den Fernsehbildschirm angestarrt. Schwarz. Wie die Kohle. Wie dieser fossile Brennstoff aus einem anderen Zeitalter. Aus noch grauerer Vorzeit als der, in die Papa eingeschlossen ist. Ich muss an den Baum denken, den Papa, Mama und ich irgendwann früher mal im Bergbaumuseum gesehen haben. 300 Millionen Jahre alt. Versteinert. In Kohle. Versteinert wie Papas auf den Fernsehbildschirm gerichteter Blick.

Auf Wiedersehen hab ich gesagt. Die Worte sind an Papa vorbei ins Leere gestelzt auf dünnen, langen Beinen. Sie haben im Raum gestanden und sich geschämt. Aber ich will mich nicht schämen. Will mich nicht schämen wegen Papa, der einfach nicht auf Wiedersehen sagen kann. Nicht zu mir. Und nicht zur Montanindustrie. Papa, der schon so lange in dieser Stadt wohnt, dass er wie sie geworden ist. Mit diesem Blick, der sich immer nur nach hinten wendet.

„Blau und weiß ist ja der Himmel nur, der Himmel nur, blau und weiß ist unsre Fußballgarnitur." Papas Himmel ist nicht blau und weiß. Immer grau. Wie früher. Als der Kohlenstaub über der Stadt hing. Als Willy Brandt forderte, dass der Himmel über der Ruhr wieder blau werden soll. Blau, wie er doch längst wieder ist. Deshalb sing ich umso lauter mit. Nur Fußballgarnitur kommt mir nicht über die Lippen. Ich muss an Couchgarnituren und Schrankwände denken. An Gelsenkirchener Barock. An Salatgarnitur auf

Schnittchen. Ich muss an Papa denken, wie er auf der Couch sitzt und den Fernseher anstarrt. Ob er ihn eingeschaltet hat? Ich hätte Papa fragen können. Denke ich. Ich hätte fragen können, ob er mitmöchte ins Parkstadion. Ob ich ihm ein Ticket fürs Finalspiel besorgen soll. Ich hätte. Ich singe laut mit. Um den Schmerz zu übertönen.

„Hätten wir ein Königreich, machten wir es den Schalkern gleich. Alle Mädchen, die so jung und schön, so jung und schön, müssten alle blau und weiß spazieren gehn." Mama war schön. Mama hat Blau geliebt. Mama, die eine Weile am Musiktheater engagiert war. Und sich dort in die monochrom blauen Bilder von Yves Klein verliebt hat und später in die blauen Augen von Papa, den sie auf einem Fest kennenlernte. Blaue Augen, um die immer ein dunkler Kohlenrand blieb. Kohle, die sich eingefressen hat mit den Jahren. Bis in Papas Kopf. Ich erinnere mich an Mama immer in Blautönen. Auch wie sie mit den Koffern vor dem Haus steht und wartet. Auf ein Taxi wartet, das sie zum Zug bringen wird. Papa sitzt auf der Couch und ich steh an der Tür. Aber winken werde ich nicht. Nein, winken werde ich auf keinen Fall. Weil Mama Papa einfach hierlässt. Mich hätte sie mitgenommen. Aber ich will Papa nicht alleine lassen. Ich will nicht! Und so stehe ich reglos in der Tür mit dem blaugestrichenen Rahmen. Blicke an den blauen Hortensien, die Mama statt Erika und Stiefmütterchen gepflanzt hat, vorbei zu Mama. Auf Mamas Rücken. „Sollen die Nachbarn doch reden", hat Mama gesagt, wenn ich erzählt habe, dass jemand was über den blauen Türrahmen oder die Hortensien gesagt hat. Ich glaube, am liebsten hätte Mama auch die heilige Barbara blau gestrichen. Die Schutzpatronin der Bergleute, die neben unserer blauen Tür an der Wand hing. Heute versteh ich Mama besser. Aber auf keinen Fall würde ich ihr das sagen. Wir sprechen ohnehin fast nie. Und ich singe. Singe, um auch Mamas Blautöne zu übertünchen.

„Mohammed war ein Prophet, der vom Fußballspielen nichts versteht. Doch aus all der schönen Farbenpracht, der Farbenpracht hat er sich das Blauundweiße ausgedacht." So wie Mama immer Blau gewählt hat. Mama, die nie mit ins Stadion gekommen wäre. Papa war es, Papa hat mich früher dorthin mitgenommen. Was die Strophe mit Mohammed sollte, konnte er mir aber auch nicht erklären. Man muss nicht immer alles verstehen, Marie, hat er gesagt. Und dann hat er mir Abseits und Foul und Ecke erklärt. Er hat von Ernst Kuzorra erzählt, der auf dem Pütt gearbeitet hat. Auf Consolidation. Der später Schalke zum Erfolg verholfen hat und am Ende in Gelsenkirchen gestorben ist. Treu bis in den Tod. Papa stand im Regen der Bierrosetten und war ein Gott. Ich hab nicht geahnt, dass ich eines Tages aufhören würde, an ihn zu glauben. So wie er nicht geahnt hat, dass er eines Tages … Und ich singe. Laut. So laut ich kann.

„Tausend Feuer in der Nacht haben uns das große Glück gebracht." Ich denke an das Licht, das Papa angelassen hat, wenn ich schlecht träumte. An die Grubenlampen, mit denen Papa und seine Kumpel einfahren. An Stockbrot über dem Lagerfeuer mit Papa im Sommer und daran, wie er mit leuchtenden Augen erklärt hat, dass mit den tausend Feuern eigentlich die Hochöfen der Stahlwerke und die Öfen der Kokereien gemeint sind. Kokereien, die man einteilen kann. In eine schwarze Seite, auf der der Koks gewonnen wird. Und eine weiße Seite, auf der aus den Restprodukten chemische Stoffe gewonnen werden. So wie man Papas Welt immer in zwei Seiten einteilen kann. Über Tage. Und unter Tage. „Bergbau", hat Papa gesagt, „kann man nur verstehen, wenn man eingefahren ist. Das ist ganz anders als die Welt hier oben." Wie hätte Mama da verstehen sollen? Wie soll ich da … Man muss nicht alles verstehen, Marie. Ich muss an das Feuer der Mahnwache denken, die Fackeln bei der Menschenkette gegen die Abschaffung der Subventionen. 220 000 Menschen von Neukirchen-Vluyn bis Lünen. Gebracht hat es nichts. Wo ist eure heilige Barbara, wenn ihr sie braucht, Papa? Wer hält jetzt noch schützend die Hand über euch?

„Tausend Freunde, die zusammenstehn, zusammenstehn, dann wird der FC Schalke niemals untergehn." Und während die Bierrosetten regnen, denk ich an Papa, der jetzt auf der Couch sitzt und vielleicht nicht einmal den Fernseher angeschaltet hat, um seine Knappen kicken zu sehen. Papa, der daran geglaubt hat, dass es klappen kann, Hugo zu retten und den Steinkohlenbergbau im Revier, wenn er und seine Kumpel nur eng genug zusammenstehen. Papa, dem ich, nachdem wir mit der Oberstufe an der Menschenkette teilgenommen hatten, erklärt habe, wie cool das gewesen wär, weil wir schulfrei hatten. Ansonsten, hab ich erklärt, sei das Ganze ja eh hoffnungslos. Papa, der geguckt hat, als hätte ich ihm ins Gesicht gespuckt. Der nichts mehr gesagt hat.

Während die Bierrosetten regnen, denke ich an Mama, die irgendwann nicht mehr hinhören wollte, wenn Papa wieder mal den Witz erzählte, bei dem in Gelsenkirchen über den Namen eines Platzes beraten wird. Lasst uns den Platz nach einer Frau benennen, fordert einer. Und ein anderer schlägt vor: Dem-Ernst-Kuzorra-seine-Frau-Platz. Papa hat gelacht, bis ihm die Tränen kamen. Papa hat oft gelacht.

Wenn Schalke das Finale gewinnt, denke ich, wenn Schalke gewinnt, wird alles gut. Dann muss Hugo nicht schließen, und Papas Augen leuchten wieder. Dabei weiß ich längst, dass solche Deals nicht klappen. Auch wenn ich hundertmal nicht auf die Ritzen vom Bordstein getreten bin, ist Mama nicht zurückgekehrt, ist Papa nicht auf die Idee gekommen, hinterherzuziehen, hat es Schalke trotzdem nicht zur Meisterschaft gebracht.

Ulrike Geffert
Marika Kilius, meine Mutter und der Herzog von Arenberg

Zu den Glaubenssätzen der 60er Jahre gehörten neben den Bibeln der beiden M's (Moses und Mao) die Grundsätze der Ordnung, namentlich der Hausordnung. Diese Hausordnung war genau genommen ein Liste gewordenes Reinheitsgebot: Flurwoche, Waschwoche, Schneewoche usw.

Vor allem bei der Waschwoche gab es ein ausgeklügeltes System: Sieben Familien wechselten sich buchstäblich rotierend in der Nutzung der Waschküche ab. Die Woche begann mit höchstens ein oder zwei Waschtagen, gefolgt von vier Trockentagen und zuletzt gab es – Moses sei Dank! – den freien Sonntag. Natürlich war montags immer als erstes die „Große Wäsche" dran, also Bett- und Tischwäsche, dann Bunt- und zum Schluss Feinwäsche. Klingt nach Stress? Und ob!

Ein zentraler Stressfaktor war die Wettervorhersage. Die taugte in den 60ern nicht mal für 48 Stunden, und die jeweilige Witterung brach über uns herein wie ein Gottesurteil. Folgerichtig wurde die familiäre Waschwoche stets flankiert durch generationsübergreifende Gebete um gutes Wetter, denn schon ein Sonnentag konnte den Waschen-Trocknen-Waschen-Trocknen-Stress erheblich verringern; eine Woche Dauerregen dagegen: Höchststrafe!

Dieses Mal fiel „unsere" Waschwoche genau in die Herbstferien, und da war das Wetter doppelt wichtig: erstens für das Stresslevel meiner Mutter und zweitens für uns Kinder. Wir verbrachten jede freie Minute draußen, bauten Buden, liefen Rollschuh und spielten Verstecken im ganzen Viertel. Verregnete Ferien mit Bücherlesen und „Lassie"-Gucken waren dagegen nur der halbe Spaß.

Aber es sah alles danach aus, als hätten wir das große Los gezogen. Am entscheidenden Montagmorgen strahlte die Sonne Bottrop an, als hätte sie noch nie von Smog und Schadstoffemission gehört. Zusätzlich gab es Anlass zum Optimismus, weil der Nachrichtensprecher des WDR, die Blinddarmnarbe meines Opas und Mutters rechter Knöchel sich allesamt einig waren: Sonne und Tagestemperaturen um die 17 Grad.

„Wat meinste, kann ich die Wäsche raushängen?", fragte Mutter mit glückseligem Unterton am Frühstückstisch und entlockte meinem Vater damit ein Nicken. Allerdings sind Zweifel geboten, wem dieses Nicken galt. Schalke hatte am Wochenende zwei Punkte geholt, und es konnte gut sein, dass Vater sich in innerem Dialog mit Ernst Huberty und dem Sportteil der WAZ befand und Mutters Frage nur ein Routine-Nick-Programm angestoßen hatte. Aber war heute der Tag für eheliche Krisen? Nein, heute war Waschtag, und die Sonne lachte über dem Revier.

Schon gestern Abend war Mutter in die Waschküche gegangen und hatte alles für das heutige Rendezvous mit dem Waschzuber vorbereitet. Jetzt wartete sie ungeduldig darauf, dass ihre Familie das Frühstück beendete und sie ihr Tagwerk fortsetzen konnte.

Ich kippte die letzte Tasse Pfefferminztee auf ex, und dann ging es raus auf den „Hof", Rollschuhlaufen. Unser Hof, das war ein Karree, zur Hälfte gepflastert, zur Hälfte von mickrigem Rasen bedeckt, und von sechsstöckigem Sozialen Wohnungsbau, einem Flachdachschuppen und einem Schrottplatz umzingelt. Ruhrpottkinder-Paradies!

Unterdessen konnte Mutter endlich die „Große Wäsche" in Angriff nehmen. Nun muss man wissen, dass die Waschkesselöfen der beginnenden 60er Jahre nix konnten. Das in unserer Waschküche wohnende Engelhof-Modell beteiligte sich an dem bevorstehenden Event, indem es betonschwer rumstand. Und das war's. Der Engelhofer zog sich selbst kein Wasser, er heizte nicht von alleine auf, und auch rühren, drehen, stampfen – oder gar wringen, das alles musste die Herrscherin über den Waschzuber selbst leisten.

Doch die Verheißungen dieses blendend schönen Herbsttages stimmten meine Mutter hoffnungsfroh und verführten sie, das Weißzeug auf den Hof zu hängen. Bevor sie zurück in die Waschküche ging, um sich nunmehr der Buntwäsche zu widmen, rief sie mich zu sich.

„Dat du mir ja auf dat Wetter aufpasst!", schärfte sie mir ein. „Wenn et reechnet, war die ganz Arbeit umsonst. Also, wenn der Himmel sich zuzieht, rufste! Hörste?"

Mit meinen neun Jahren beherrschte ich das Routine-Nick-Programm bereits ebenso souverän wie mein Vater und setzte es nun bedenkenlos ein.

Vielleicht lag es an den seifig suppigen Waschflottendämpfen, die meine Mutter den ganzen Morgen umgeben hatten, jedenfalls bemerkte sie nicht, dass ihre Ansprache ihr Ziel verfehlte. Es blieb ihr verborgen, dass ich gerade Marika Kilius war und vor der Entscheidung stand, ob ich heute den Todessprung mit Drehung wagen sollte.

Nicht, dass ich zu feige gewesen wäre, es meinem Idol nachzutun, mit fehlte nicht der Mut, mir fehlte eine brauchbare Ausrüstung. Marika standen natürlich elegante Schlittschuhe zur Verfügung. Das, was ich an den Füßen trug, hatte kaum den Namen Rollschuh verdient, denn von „Schuh" konnte gar nicht die Rede sein: zwei breite Metallplatten, ein Steg dazwischen, vorne zwei Greifer, die den Fuß in jedem beliebigen Schuh so fest zusammendrückten, dass das Ganze Halt fand. Zusätzliche Sicherheit gaben zwei breite Einmachgummis, die Schuh und Unterbau umspannten. Unter dem Metallschlitten vier Eisenrollen, die mit ihrem Tschu, tschu, tschu auf den Steinplatten den Beat meiner Kindheit vorgaben.

Das Hauptrisiko beim Todessprung mit Drehung war, dass sich die Greifer in den Gummis verhedderten und sodann besagter Tod oder zumindest ein paar blutige Knie drohten.

Da ich – dem Wunderwetter sei Dank – heute Kniestrümpfe und Rock statt Lastexhose tragen durfte, beschloss ich, mich doch lieber dem Training der Pirouette zu widmen. Auch das musste unter den geschilderten Materialbedingungen mit höchster Konzentration in Angriff genommen werden: Anlauf nehmen, Schwung holen, Arme eng an den Körper, Kopf weit in den Nacken – und vor allem: Augen auf! Mit geschlossenen Augen haut dich der Schwindel in Sekunden um.

Und so sah ich sie erst, als sie schon über mir war: die Wolke.

Sie kam leise, ohne Getöse, kein Blitz, kein Donner – sie schwebte heran, fast als trüge sie sich selbst. Und während sie schwebte und sich selbst genügte, ließ sie unter sich. Winzige schwarze Flocken von filigraner Schönheit. Sanft wie Schnee und unbedroht von schmelzender Vergänglichkeit. Sie schwebten durch die Luft und sanken herab mit einer Behutsamkeit, die mich staunen machte. Es war ein Moment der Meditation, und ich breitete die Arme aus und versank mit all den schwatten Flocken um mich herum in der Stille der zur Ruhe gekommenen Pirouette, während der Ruß sich mit ölig staubiger Zärtlichkeit auf mein Gesicht legte.

Leider legte er sich auch auf die „Große Wäsche".

Als ich das hysterische „Oh Gott, die WÄSCHE!" hörte, war es längst zu spät. Da war wohl etwas entsetzlich schiefgegangen beim Wunschwettergebet. Wir hätten nicht nur um Sonne, sondern auch um einen göttlichen Verzicht auf Rußwolken beten sollen, um Feierschichten auf Prosper oder wenigstens um Westwind.

Ich gab es auf, Marika Kilius zu sein, und schaute mich benommen um. Da stand sie: meine Mutter; inmitten all ihrer Nachbarinnen. Sie hatten sich an der Kellertür zusammengerottet, und mit ihren vorn gebundenen Kopftüchern sahen sie aus wie Witwe-Bolte-Clons. Grimmig starrten sie in den Himmel und verfluchten zweifellos Herzog Prosper Ludwig von Arenberg, der ihnen all das eingebrockt hatte. Dann stürzten sie sich geschwadernd auf die Wäsche, schleppten ihre schwarzstippige Beute in die Waschküche und begutachteten dort jedes einzelne Stück.

„Noch zu retten – hoffnungslos – kein großes Problem – alles noch mal waschen" – Wortfetzen drangen aus dem niedrigen Waschküchenfenster auf den Hof, eine Mischung aus Mitleid, Solidarität und Schadenfreude.

In den nächsten Stunden rettete meine Mutter, was zu retten war und auch das, was gar nicht hätte gerettet werden müssen. Ordnung musste sein. Das Persil-Dogma der Makellosigkeit duldete keine Ausnahmen!

Mit letzter Kraft verpasste sie mir anschließend eine Abreibung. Wofür ich die Senge kriegte? Tja, als echte Püttpflanze hatte ich gefälligst zu wissen, dass es ab und zu Kohle vom Himmel regnet. Da konnte ich keine mildernden Umstände erwarten. Und wem hätte man auch sonst die Schuld geben sollen für das Desaster? Opas Blinddarmnarbe vielleicht?

Naja, und wenn die Schuldfrage einmal geklärt war, hieß es: Strafe muss sein!!! Schließlich sollten wir zu funktionierenden Bürgern der neu erstarkenden Republik heranwachsen. In Zeiten des „Wirtschaftswunders" hatte man sich gefälligst nicht zu wundern – jedenfalls nicht über schwarzen Schnee, der vom Himmel fiel. Hans guck in die Luft und Frieda Freigeist gefährdeten den Glauben an Effizienz, Schaffenskraft und unbegrenztes Wachstum – und die unbefleckte, unschuldige Reinheit bürgerlicher Bettlaken.

Strafverschärfend gab's zum Abendessen für mich kein Tri Top, sondern einen Extralöffel Lebertran. Igitt! Und natürlich wurde eine Intensivreinigung angeordnet, denn mein Gesicht sah aus, als wäre ich nicht auf dem Hof, sondern unter Tage gewesen. Aber weder Clearasil noch die Spezialwaschpaste, die Opa immer noch von seinen Kumpeln als Deputat bezog, brachten das gewünschte Ergebnis.

Ein letzter Blick in den Spiegel. Am Ende hatte der Tag hatte sich doch gelohnt: Noch nie hatten meine Augen so geleuchtet.

Das Geheimnis ihrer Strahlkraft: Kohle-Kajal!

Glück auf!

Dagmar van de Loo
Mein Vater und die Grubenwehr

„Allzeit bereit", das war und ist das Motto der Grubenwehr. Klar, Grubenwehrleute müssen allzeit bereit sein, denn Bergwerksunglücke können jederzeit passieren, und dann werden sie sofort gebraucht. Aber viele Männer von der Grubenwehr hatten und haben auch Ehefrauen und Familien. Und die mussten und müssen dann auch „allzeit bereit" sein.

Dieses Thema beschäftigt mich, weil ich eine Bergmannstochter bin, Jahrgang 1956, geboren und aufgewachsen in Herne-Sodingen, also mitten im Ruhrgebiet, sozusagen mit Emscherwasser getauft. Aus mir ist eine Sozialpädagogin geworden. Aber als Kind groß geworden bin ich im Licht und Schatten des heimischen Steinkohlenbergbaus. Denn da arbeitete mein Vater nicht nur viele Jahre, sondern er war dort auch in der Grubenwehr. Damit verbinde ich eine meiner prägendsten Kindheitserinnerungen.

Mein Vater Heinz Bulka, Jahrgang 1930 und 2009 verstorben, hatte nach der Volksschule, und das hieß in seinem Fall gleich nach dem Zweiten Weltkrieg, Maurer gelernt und arbeitete zunächst auf dem Bau. Nach früher Heirat und als die Kinder kamen, mein Bruder 1953 und drei Jahre später ich, wechselte er vom Bau in den Bergbau. In Herne-Sodingen bedeutete das, er ging auf das Bergwerk Mont-Cenis. Die brauchten dort unter anderem auch Grubenmaurer, denn mit der Steinkohlenförderung ging es damals auch in der Zeit des „Wirtschaftswunders" wirtschaftlich noch bergauf. Und beim Bergbau gab es eine anständige Bezahlung, geregelte Arbeit und bessere Aussicht auf bezahlbare Wohnungen.

Mein Vater arbeitete mehr als 20 Jahre auf Mont-Cenis, bis kurz vor der Stilllegung der Zeche im Jahre 1978. Dann wurde er verlegt und verbrachte seine letzten Berufsjahre auf der Zeche Ewald in Herten. Wir wohnten stets in der Nähe von Mont-Cenis, erst auf der Saarstraße und später auf der Straße Im Uhlenbruch. Die letzten Jahre lebten meine Eltern – und nach dem Tod meiner Mutter Ruth 2001 mein Vater alleine – passenderweise noch in einer Wohnung an der Mont-Cenis-Straße.

Die Arbeit unter Tage in den Bergwerken war früher immer gefährlich. Es gab manches Unglück, auch auf Mont-Cenis. Für Unglücke und Unfälle brauchten die Bergbau-Unternehmen ständig eine Grubenwehr. Zur Grubenwehr auf Mont-Cenis gehörte schon bald nach Beginn seiner Berufszeit dort auch mein Vater. Er betrachtete das als eine besondere Form der Solidarität gegenüber seinen Kumpeln unter Tage, denen unbedingt geholfen werden musste, wenn es mal nötig war. Meine Mutter sah das freilich anders. Denn die Einsätze bedeuteten immer, dass sich mein Vater an Orte begeben musste, wo Unglücke geschehen waren und weitere Gefahren drohen konnten, und das unter Umständen irgendwo tausend Meter unter der Erde.

Der Beitritt zur Grubenwehr war freiwillig, erforderte aber ständige Einsatzbereitschaft und regelmäßiges Training. Für langjährige Mitgliedschaft sowie einzelne Rettungseinsätze gab es zudem besondere Urkunden und Ehrenzeichen, die zum Teil sogar vom Bundespräsidenten ausgestellt wurden. Meinem Vater sehr wichtig war eine spezielle Nadel, mit der er von der Grubenwehr ausgezeichnet worden war und die er häufig am Anzug-Revers trug.

Mit der Verpflichtung zur ständigen Einsatzbereitschaft gehörte für die Grubenwehrmänner auch die Alarmbereitschaft. In allen Haushalten der Grubenwehrleute gab es deshalb spezielle Warngeräte, durch die sie auch zuhause, wenn sie nicht auf der Arbeit waren, erreicht werden konnten. Ich erinnere mich an einen grauen Kasten mit rotem Licht bei uns im Flur, der einen schrillen Alarmton erzeugte. Wenn der erschallte, gerieten meine Mutter und die ganze Familie sofort in große Unruhe.

Zwar gab es auch immer wieder einen Probealarm; der wurde zwar eigentlich nicht angekündigt, doch manchmal wusste Vater vorher davon, woher auch immer, und sagte uns Bescheid. So blieben wir dann alle ruhig. Doch wenn es kein Probealarm war, hatte meine Mutter immer unheimliche Angst, was mich natürlich als Kind ebenfalls mit Angst erfüllte.

Ich entsinne mich, wie mein Vater ihr dann manchmal extra ganz schnell einen Tee zur Beruhigung aufsetzte oder an fast komische Szenen, in denen sie die Arbeitskleidung, die sie ihm so schnell wie möglich rausgelegt hatte, auf einmal ganz verstört hin und her trug.

Die Angst hatte ihren mehr als berechtigten Grund. Zwar waren nicht alle Unglücke mit Einsatz der Grubenwehr so schwer, dass es gleich um Leben und Tod ging. Doch das konnte man zunächst ja nicht wissen. So gab es auch die ganz schlimmen Fälle, vor allem das letzte große Grubenunglück auf Mont-Cenis im Juni 1965, eine verheerende Schlagwetterexplosion mit neun Toten. Mein Vater war damals direkt auf der Arbeit davon betroffen. Er blieb wohl nur durch pures Glück selber körperlich unversehrt, während einige seiner Arbeitskollegen leider zu den Toten und Verletzen gehörten.

Die Nachricht von dem großen Unglück sprach sich schnell wie ein Lauffeuer herum. Die Angehörigen aller Bergleute der betreffenden Schicht warteten darauf, so schnell wie möglich genauere Auskunft zu bekommen. Ich erinnere mich dunkel – ich war zu dieser Zeit gerade neun Jahre alt – an eine lange Menschenschlange, die vom Zecheneingang bis zum Sodinger Marktplatz reichte. Zu den vielen Wartenden gehörte auch meine Mutter mit uns Kindern. Dann kam mein Vater, teilte nur kurz mit, ihm sei nichts passiert, aber er müsse schnell wieder zurück zum Grubenwehr-Einsatz vor Ort. Meine

Mutter war völlig aufgelöst. Über Einzelheiten des Unglücks und des Einsatzes sprach mein Vater später kaum noch, doch er ging zu allen Beerdigungen seiner verunglückten Kollegen und trug sogar ihre Särge mit.

Zwei Jahre später trug er noch mal einen Sarg. Bevor die Zeche Mont-Cenis nämlich 1968 zur neuen Ruhrkohle kam, gehörte sie zum Krupp-Konzern. Als 1967 der alte Krupp-Chef Alfried Krupp von Bohlen und Halbach, auch als der „letzte Krupp" bekannt, verstarb und für ihn eine große Trauerfeier veranstaltet wurde, kam mein Vater hier als einer der Sargträger zum Einsatz. Für unsere Familie war das ein großes Ereignis, denn es gab Fernsehbilder von der Trauerfeier mit meinem Vater als Sargträger, und die kamen sogar in der Tagesschau. Das habe ich gemeinsam mit meiner Mutter und meinem Bruder gebannt am TV-Gerät verfolgt.

Viel später, als ich schon erwachsen war, fuhr ich dann auch mal unter Tage ein. Im Rahmen einer inoffiziellen privaten Grubenfahrt besuchte ich zusammen mit meiner Mutter meinen Vater vor Ort. So konnte ich die untertägige Arbeitswelt meinen Vaters einmal selber sehen. Wenn man so will, direkt begleitet von der Grubenwehr. Allerdings musste ich auch hinterher noch einen zünftigen Schnaps trinken. Und am Ende hieß es: „Glück auf!"

Einhard Schmidt-Kallert
Nie mehr Hausbrand

Ich war früh aufgestanden an diesem Samstag im letzten Winter. Es war noch dunkel, aber die Straßen wirkten heller als sonst, denn der erste Schnee war gefallen. Fünf Zentimeter Neuschnee, noch ganz frisch und pulvrig, das ließ sich leicht mit dem Besen vom Bürgersteig wegfegen. Nach fünf oder sechs Metern Bürgersteig machte ich, auf den Besen gestützt, eine kleine Pause. Ein Blick auf die Häuserreihe gegenüber, ein kurzer Gruß an den anderen Schneeschipper von der Nummer 14. Ich genoss den Wintermorgen.

Wochenende. Die meisten Nachbarn schliefen noch, und fast alle Autos standen unberührt unter den frischen Schneehauben. Nur ein, zwei Spuren von anfahrenden Fahrzeugen waren im Neuschnee unserer Nebenstraße zu erkennen. Als fernes Hintergrundgeräusch war das permanente Rauschen der A 40 aus Richtung Westen wahrzunehmen, und alle paar Minuten, aber noch gedämpfter, ein vorbeifahrender Zug auf der Hauptstrecke der Bahn in der anderen Richtung. Alles schien wie immer, wie jeden Winter, wenn im Ruhrgebiet, wenn hier im Essener Westen der erste Schnee gefallen war. Doch ich spürte, etwas war anders als sonst. Nur so ein vages Gefühl.

Ich griff wieder zum Besen, fegte mit Schwung und atmete tief durch. Die gute Winterluft. Aber doch anders als all die Jahre. Ein kurzer Blick den Bürgersteig rechts am Haus entlang, da, wo unsere Straße leicht ansteigt und man gut bis zur nächsten Kreuzung sehen kann. Außer mir war noch keiner auf den Beinen, aber 50 Meter weiter standen zwei Kohleöfen auf dem Bürgersteig, rechts und links von der Haustür. Mit ihrer kleinen Schneehaube wirkten sie von Weitem fast wie ein Säulenportikus, wie festgewachsen oder gar verwurzelt. Noch einmal tat ich einen tiefen Atemzug, und endlich wusste ich, was fehlte: Der winterliche Geruch von Kohle-Hausbrand, der in meiner Erinnerung unauflöslich mit dem ersten Schnee verbunden ist, seit ich im Ruhrgebiet lebe.

Nun also auch die 25, das letzte Haus in der Straße, in dem noch mit Kohleöfen geheizt worden war. Vor sieben Jahren war der Opa gestorben, der noch unter Tage gearbeitet hatte. Aber die Deputatkohle war an seine Witwe bis zum letzten Jahr weiter geliefert worden; zweimal im Jahr kam der LKW, und über die blecherne Kohlerutsche wurden ein paar Zentner Anthrazit durchs Kellerfenster in den Keller befördert. Auch so ein Lärm, den wir nicht mehr hören werden. Wann kam eigentlich die letzte Lieferung? Im letzten Herbst oder schon im Frühjahr? Schon lange hatten die jungen Leute, die Kinder, die selbst längst nicht mehr jung waren, auf Gasheizung umstellen wollen, schließlich hatte die Witwe ihren Widerstand aufgegeben, die Enkel hatten keine Lust mehr gehabt, die Kohleneimer für die Oma zu schleppen, und die Schwiegertochter konnte auch nicht immer beim Anheizen helfen.

Nun war es soweit, auch in unserer Straße: Der endgültige Abschied von der Kohle war eine Tatsache. Das alte Ruhrgebiet, das Kohlerevier war endgültig Vergangenheit, in Museen zu bestaunen, in Geschichten nachzulesen und in alten Schwarz-Weiß-Filmen konserviert. Aber wo kann man die Kohle, den Rauch der Fabriken und der Dampflokomotiven oder einfach nur den Hausbrand heute noch riechen?

Willi Matecki aus der 25 war in der Straße eine Institution gewesen. Ein Rentner, den alle kannten und der immer höflich grüßte, wenn er aus dem Haus ging. Gegen Ende kam das immer seltener vor. Ab und zu sah man ihn noch, wenn er zum Arzt oder zur Sparkasse musste, im Winter in Hut und Mantel, im Frühjahr und Herbst trug er dann ein Tweed-Jackett mit Krawatte. Er schien den kurzen Weg durch den Stadtteil zu genießen, blickte aufmerksam in alle Richtungen, und wenn er Nachbarn oder Bekannten begegnete, lüftete er beschwingt seinen Hut und machte ein paar launige Bemerkungen über das Wetter oder richtete ein paar höfliche Fragen an Leute, die er vom Sehen kannte. „Matekki" ließ er sich nennen, er mochte es nicht, wenn jemand versuchte, seinen Namen auf Polnisch, also Matetzki, auszusprechen.

Am liebsten hielt er ein kleines Schwätzchen mit anderen Hauseigentümern in der Straße. Durch Heirat, durch Erbschaft sei er an das Haus gekommen, tuschelten einige in der Straße. Egal, er war Hauseigentümer. Und Rentner, so lange, dass sich kaum jemand erinnerte, dass der Willi einmal etwas anderes gewesen war. Er machte jedenfalls kein Gewese darum, dass er als Bergmann unter Tage gearbeitet hatte. Nun ja, die Nachbarn sahen es ja, wenn die Deputatkohle kam. Und einige hatten auch mitbekommen, wie er bei der Arzthelferin seine Gesundheitskarte von der Knappschaft vorgezeigt hatte.

Willi Matecki war gerne Hauseigentümer, und er erinnerte sich nur ungerne an seine Kindheit in der Kolonie, wo am Sonntag nur der Steiger in Krawatte rumgelaufen war und erwartete, von allen zuerst gegrüßt zu werden. Von den Hauern, die auch sonntags ihre karierten Flanellhemden trugen.

Mit 14 hatte er als Lehrling auf der Zeche angefangen, das war kurz nach der Währungsreform gewesen, als überall in Deutschland Arbeitskräfte für den Bergbau gesucht wurden. Mit 20 war er Hauer geworden, er hatte auf der Zeche die guten und die schwierigen Jahre miterlebt. Die Zeit, als in der Kolonie die ersten Fernseherantennen auf den Dächern installiert wurden und die ersten DKWs und die neuen Volkswagen vor den Häusern standen. So viele Fernseher wie in den Bergarbeitersiedlungen im Ruhrgebiet gab es sonst nirgendwo in Deutschland. Doch dann kamen schon bald die ersten Feierschichten. Als die Zeche Concordia in Oberhausen 1968 stillgelegt werden sollte, lief der Willi ganz vorne mit, gleich hinter der Oberbürgermeisterin Luise Albertz. Das sei ein geordneter Protest gewesen, erzählte er später stolz und kramte zum Beweis die alten Zeitungsausschnitte aus der NRZ mit den Fotos aus. „Der da in der zweiten Reihe, in Knappenuniform, das war ich." Und alle konnten sich überzeugen: Dieser Protestzug sah anders aus als die Studentendemos oder die Vietnam-Kundgebungen. Ordentlicher, verhaltener, die Wut auf die da oben war den Gesichtern kaum anzumerken. Ein anderes Achtundsechzig. Opa Willis Achtundsechzig. Vor Politikern wie Albertz hatte Willi Hochachtung. Oder er dachte an Walter Arendt, den Vorsitzenden der Bergarbeitergewerkschaft, ein Gewerkschaftsführer nach seinem Geschmack. Dass die Proteste gegen die Schließung von Concordia erfolglos blieben, trotz der guten Flöze – am Ende kam der Deckel drauf, auch hier. Geschenkt.

Mit 52 Jahren kam Willi Matecki in die Anpassung. Und von da an konzentrierte er sich im Leben auf seine Aufgaben als Familienvater und Hauseigentümer. Wenn ihn jemand in unserem Viertel ansprach: „Ist ja tragisch, die Bergbaukrise, das muss Ihnen als altem Bergmann besonders nahegehen … Was soll denn aus dem Ruhrpott werden, ganz ohne Kohle und Stahl!", dann erwiderte Willi Matecki ungerührt: „Aber dass es so etwas wie Anpassung gibt, das verdanken wir der Gewerkschaft und vor allem Walter Arendt; das hat bisher keine Gewerkschaft auf der Welt geschafft." Und fast ein wenig verschwörerisch fügte er mit leiser Stimme hinzu: „Der Scargill, diesen Radikalinski in England, schon mal gar nicht!" Mit diesen Worten beendete unser Nachbar aus der 25 das Gespräch, lüftete seinen Hut und zog seines Weges.

„So richtig schlau werden wir aus dem Willi nicht", sagten einige Nachbarn. „Warum spricht er nicht über seine Zeit unter Tage?" Nicht dass dem Rentner Willi Matecki der Bergbau egal gewesen wäre. Aber als Zollverein Weltkulturerbe wurde, da ging er nicht hin. Nicht wie andere – darunter waren auch einige, mit denen er jahrelang zusammen eingefahren war –, die jedes Wochenende auf Zollverein rumhingen, einige wurden sogar Gästeführer. Ganz authentisch erklärten sie, wie es unter Tage zugegangen war. „Alles Rummel", sagte Willi. „Das mach ich nicht mit."

Immerhin, vor ein paar Jahren war er zu einem Seminar der Gewerkschaft über die Geschichte der Bergarbeiterbewegung gegangen. Er hatte interessant gefunden, was der junge Historiker da berichtet hatte. Vor allem von der Geschichte des großen Bergarbeiterstreiks von 1889 war er fasziniert gewesen. Wie sich erst die Forderungen der Bergleute nach mehr Lohn, nach kürzeren Schichten und der Abschaffung des Wagennullens und dann schließlich der Streik in kürzester Zeit im ganzen Ruhrgebiet ausgebreitet hatten, von Bonifacius in Essen nach Gelsenkirchen und nach Dorstfeld und weiter. Am meisten aber hatte ihm die Idee eingeleuchtet, eine Delegation der Streikenden zum

Kaiser nach Berlin, zum obersten Bergherrn, zu schicken Nur: So wie der Schröder damals, so schulmeisterlich hätte er sich vom Kaiser nicht abkanzeln lassen. Walter Arendt übrigens auch nicht. Er hätte Seiner Majestät vom Wagennullen, von der Willkür der Steiger und der Herren Bergassessoren erzählt … Soziales Kaisertum? Dass ich nicht lache.

Irgendwann kam Marcel, sein jüngster Enkel aus der Schule nach Hause; im Sachkundeunterricht war es um den Bergbau im Ruhrgebiet gegangen. Stolz zeigte Marcel dem Opa das Bergwerk, das er gezeichnet hatte, alles war zu sehen, erste, zweite, dritte Sohle, die Flöze, der Fahrschacht und der Wetterschacht. Auch die Förderbänder und der Förderkorb waren gut zu erkennen. Marcel hatte sich viel Mühe gegeben, alle Buntstifte aus seinem Federmäppchen eingesetzt, und seine Zeichnung ähnelte sehr den aufgeschnittenen Bergwerken, wie man sie in Lexika findet. „Stimmt alles", sagte der Opa anerkennend, „aber wo sind die Bergleute?" – „Erzähl du mir erst von unter Tage", konterte Marcel, „dann kann ich die Bergleute einzeichnen." Aber der Opa blieb stumm. Ob er auch schlagende Wetter erlebt habe, wollte Marcel wissen. „Ach Gott, nein, zum Glück nicht", antwortete Willi und redete nicht weiter. Es gab einfach nichts zu erzählen. Willi hatte tausend Bilder im Kopf von unter Tage, auch von Unfällen, die er gesehen hatte, Bilder aus der Kolonie, wie die Knappenkapelle bei Karlheinz' Beerdigung gespielt hatte, das hatte sich für immer eingeprägt, ja, Bilder schon, aber keine Geschichten.

Doch Marcel ließ nicht locker. Am nächsten Tag saß er neben seinem Opa in der U 18. Als die U-Bahn kurz vor der Bismarckstraße quietschend, ratternd und ein wenig schaukelnd in den Tunnel einfuhr, versuchte Marcel es noch einmal: „Opa jetzt sind wir unter Tage!" – „Geh mir aus der Sonne", antwortete Willi Matecki, ohne zu überlegen. Nichts weiter. Hinterher wusste er nicht mehr, warum er den Satz gesagt hatte. Das hatten sie unter Tage immer am Ende einer langen Schicht zueinander gesagt. Galgenhumor. Wenn die Schicht einfach nicht enden wollte. Marcel guckte den Opa halb fragend, halb verständnislos an, aber der sagte nichts mehr.

Zwei Stunden später an diesem Samstag, diesem ersten Schneetag, ging ich wieder aus dem Haus. Ich wollte zum Markt. Zwar war die Sonne nicht herausgekommen, aber Tageslicht lag auf unserer Straße, und immer noch lagen Hauben aus schneeweißem Neuschnee auf vielen Autos. Schneeweiß, ganz ohne schwarze Rußklümpchen, wie mir auf einmal auffiel. Ein kurzer Blick zur Nummer 25: Der sonderbare Portikus war verschwunden. Schon längst hatte ein Schrotthändler die beiden Kohleöfen abgeholt. Stattdessen lagen nun vor dem Hauseingang Kohleeimer, Feuerhaken und eine Kohleschaufel. Ich war sicher: Nicht mehr lange, bald würde ein Klüngelkerl auch diese Eisenteile auf seinen Pritschenwagen geladen haben.

150 ~ JAHRE
BERGBAU ~ BOTTROP
16.10.2006

REGLEMENT

Zeche W ltrop
RAG
1903 - 1979
29. Juni 1979

Über die Autorinnen und Autoren

Hans-Jürgen Bradler Geboren am 12. August 1948 als Sohn eines Bergmanns in der Bochum-Hordeler „Kappskolonie". Volksschulabschluss; Dreher-Lehre beim Bochumer Verein, Studium an der Staatlichen Ingenieurschule Bochum, Dipl.-Ing. Maschinenbau. Fußballtorwart: 1958 bis 1962 BC Hordel, 1962 bis 1970 TB Eickel, 1970 bis 1975 VfL Bochum, 1975 bis 1982 SC Westfalia Herne; Mitglied der Olympiamannschaft 1972 in München.

Ulrike Geffert Jahrgang 1956, ist gebürtige Bottroperin. Sie studierte in Bochum und Münster Psychologie und Sozialmanagement. Unter dem Pseudonym U. Li veröffentlichte sie Ruhrgebietskrimis und Kurzgeschichten in Anthologien des Autorenvereins ARIAL-10 e.V. Für die Zeitschrift Tango Danza verfasste sie Artikel über Tango-Events im Ruhrgebiet. Sie lebt mit ihrem Kater Pablonski in Bottrop.

Hubertus A. Janssen Jahrgang 1964, aufgewachsen in Warendorf an der Ems, wurde nicht Förster, sondern beendete sein Medizinstudium in Mainz. Seit 2010 dichtet er für die Funke-Mediengruppe und für den Landwirtschaftsverlag Münster und andere Zeitungen. Als Erfinder des „landwirtschaftlichen Feuilletons" ist er ein Vertreter eher kurzer Kurztexte. Gemeinsam mit Jens Dirksen liest er im „landwirtschaftlichen Feuilleton, unplugged". Der Grenzgänger Janssen arbeitet als Arzt genau da, wo Ruhrgebiet und Münsterland ineinander übergehen. Er lebt mit Familie in Recklinghausen. Bei Henselowsky Boschmann ist sein Gedichtband „Der Lurch hält durch" erschienen.

Anja Kiel Geboren 1973 in Süddeutschland. Als sie mit knapp acht Jahren ins Ruhrgebiet zog, gab es dort tatsächlich noch den ein oder anderen Haushalt mit Kohleherd. Anja Kiels eigenes Interesse an Kohle erwachte mit einem Job als Gästeführerin auf der Zeche Zollverein. Als Gästeführerin arbeitet Anja Kiel nicht mehr, ihre Kohle verdient sie schon länger als Autorin. Bei Henselowsky Boschmann erschien der Ruhrgebiets-Fantasyroman „Die Hüter des Schwarzen Goldes", den sie gemeinsam mit Inge Meyer-Dietrich geschrieben hat. www.anjakiel.de

Margit Kruse Geboren 1957, die vor allem durch ihre Revier-Krimis „Eisaugen", „Zechenbrand", „Hochzeitsglocken" und „Rosensalz" bekannt geworden ist, ist ein echtes Kind des Ruhrgebiets. Seit 2004 ist die Gelsenkirchenerin als freiberufliche Autorin tätig. Neben zahlreichen Beiträgen in Anthologien hat sie bislang neun Bücher veröffentlicht.

Dagmar van de Loo Jahrgang 1956, Bergmannstochter, geboren und aufgewachsen in Herne-Sodingen, Sozialpädagogin.

Margret Martin Blond, nicht „schwatt", aber eine aus dem Ruhrpott. Und zwar: Bochumerin: wegen Geburt, Wohnort der Mutter, Studium; Essenerin: wegen Kindheit und Jugend bei den Großeltern, Studenten-WG; Dortmunderin: wegen Wohnort von Vater und Bruder; Duisburgerin: wegen erster Arbeitsstelle in Marxloh; Bottroperin: wegen Liebe, Familie, Lebensmittelpunkt, Arbeitsplatz. Das Wichtigste in Kürze über die „Blonde aussem Pott": Erfüllung: Familie und Beruf; Leidenschaft: Freunde treffen und kochen; Begeisterung: Lesen und Schreiben; Lust: Wandern und Fahrrad fahren; Freude: Malen und Ehrenamt.

Inge Meyer-Dietrich Seit 1986 freie Autorin; über 30 Buchpublikationen großteils für junge Leser. Zahlreiche Auszeichnungen im In- und Ausland, u. a. Literaturpreis Ruhr für das Gesamtwerk. Verlag Henselowsky Boschmann: In „Plascha" schildert die Autorin das Leben einer Bergarbeiterfamilie im Ruhrgebiet der Jahre 1917 bis 1919; in „Leben und Träume der Mimi H." geht es um eine Frau an der Ruhr zwischen 1909 und 1933, die sich durch schwierige Zeiten kämpft und dabei ihre Träume nicht aufgibt (Teil II erscheint unter dem Titel „Eisengarn" im Herbst 2017); außerdem zusammen mit Anja Kiel „Die Hüter des Schwarzen Goldes", ein Fantasy-Ruhrgebietsroman. Die Autorin lebt mit ihrem Mann in Gelsenkirchen; die drei Kinder sind erwachsen, beide Töchter ebenfalls schriftstellerisch tätig. www.ingemeyerdietrich.de

Sarah Meyer-Dietrich Wurde 1980 geboren und wuchs im Ruhrgebiet auf. Sie studierte Wirtschaftswissenschaft und promovierte in Bochum. Heute ist sie freie Autorin und Dozentin für kreatives Schreiben. Sie erhielt für ihre Erzählungen einige Literaturpreise, darunter den Förderpreis des Literaturpreises Ruhr. 2016 erschien ihr Roman „Immer muss man mit Stellwerksbränden, Streiks und Tagebrüchen rechnen". 2017 folgt der Roman „Ruhrpottkind". www.sarahmeyerdietrich.de

Franz Naskrent Geboren 1953 in Bottrop, im Bergarbeiterviertel Batenbrock. Großväter, Onkels und Cousins malochen vor Kohle auf den Zechen Prosper und Rheinbaben. Die ersten Jahre seiner Kindheit lebt er in einem typischen Zechenhaus: zwei vierköpfige Familien auf vier Zimmern, Opa und Oma wohnen im Keller zwischen Kartoffeln und Kohle, Plumpsklo aufm Hof, direkt daneben Schweine- und Hühnerstall. Er ist der Erste aus der Arbeiterfamilie, der Abitur macht und dann sogar studiert, Germanistik und Geschichte im gutbürgerlich-steifen Münster – mit viel Heimweh zum Pott; da, wo Klartext geredet und gelebt wird. Das Lehramt schmeißt er nach dem Staatsexamen für seinen Traumberuf: Journalist. Über 30 Jahre schreibt er für die Zeitung des Ruhrgebiets, die WAZ, zuletzt als stellv. Redaktionsleiter in Bottrop. Heute lebt er mit seiner Familie in Sterkrade und arbeitet als freier Journalist und Fotograf, im Ruhrgebiet, wo sonst.

Elke Schleich Geboren 1953 in Gelsenkirchen. Pferde und das geschriebene Wort – beides faszinierte sie schon als Kind. Heute lebt sie mit ihrem Angetrauten am grünen Rand des Ruhrgebiets, in Westerholt, ganz in der Nähe eines Reiterhofes, den sie nach langer aktiver Zeit im Sattel immer noch täglich besucht. Schriftstellerische Tätigkeit seit den 70er Jahren. 1988 der Roman „Komm zurück, Ameli"; Mitherausgeberin der Titel „Sugar Baby Love", 2006, und „Yeahsterday", 2007. Im Jahre 2012 erschien „Gummitwist in Schalke-Nord – ein Roman in 18 Geschichten"; 2014 als E-Book-Serie „Ein Lied für dich"; zahlreiche Kurzgeschichten in Anthologien und Illustrierten. 2016 der Roman „Wir haben alles hingekriegt". www.elke-schleich.de

Einhard Schmidt-Kallert Jahrgang 1949. Sozialgeograph und Raumplaner; kam vor 50 Jahren zum Studieren ins Ruhrgebiet, war zwischendurch Entwicklungshelfer in Südostasien, Gastdozent in Ghana und mit unterschiedlichen Aufgaben in Auslandseinsätzen in Afrika, Asien und Lateinamerika. Kehrt jedes Mal gerne ins Ruhrgebiet zurück. Zahlreiche wissenschaftliche und journalistische Veröffentlichungen, u. a. Reisereportagen.

Karin Schneider geb. Suchart. Kaufmännische Ausbildung bei der Ilseder Hütte, Steinkohlenbergwerke Friedrich der Große 1962 bis 1964. Anschließend als Sekretärin im gleichen Betrieb bis 1970 tätig. Später als Sekretärin in der „freien Wirtschaft" beschäftigt.

Gerd E. Schug War 44 Jahre beim Ruhrbergbau in der Verwaltung tätig. Nach dem Ruhestand intensive Tätigkeit als Hobby-Historiker.

Annika Schuppelius Geboren und aufgewachsen ist die heute 28-Jährige im Duisburger Norden. Ihr Abitur machte sie in Hamborn, ihr Germanistik- und Geschichtsstudium absolvierte sie an der Heinrich-Heine-Universität. Hier kam sie mit dem Thema Industriekultur im Bereich der Literatur und Museumskonzeption in Kontakt. Heute schreibt und tüftelt die Redakteurin in einer PR-Agentur täglich an Projekten zu unterschiedlichen Thematiken.

Philip Stratmann Wurde mal von der Polizei kontrolliert, weil er auf sehr verdächtige Art und Weise in seinen Briefkasten gesehen hat; ist Mitautor des Buches „Mit Schmackes. Punk im Ruhrgebiet".

Peter Zontkowski 1954 in Bochum geboren. Ausbildung zum Dreher, anschließend „Lehr- und Wanderjahre" in diversen Berufsfeldern, vom Tellerwäscher zum Discjockey; später Ausbildung zum Landschaftsgärtner; bis zum Ruhestand Tätigkeit als Baumkontrolleur. Musiker, Autor, Radiomoderator – eigene monatliche Sendung „Time out" im Bürgerfunk Herne. Diverse Veröffentlichungen in Anthologien. Verheiratet, ein Sohn, Ureinwohner.

Über den Herausgeber

Friedhelm Wessel Jahrgang 1944; er verbrachte seine Kindheit und Jugend zwischen der Jacobi-Siedlung in Oberhausen – wo Oma ihr klein Häuschen und Opas geliebter Karnickelstall standen – und dem Dichterviertel in Herne – wo alle Straßen nach großen deutschen Schriftstellern benannt sind. Als „Köttel" erkundete er zusammen mit seinen Freunden die Halden des Reviers und spielte verbotenerweise auch schon mal an einem der vielen kleinen Abwasserbäche im Tal der Emscher. Seine Bücher beschäftigen sich in Text und Bild mit den ganz besonderen Seiten seines Reviers, wie „Die letzte Sau der Kolonie. Geschichten zwischen Förderturm und Taubenschlag", „Lüdenscheid-Nord gegen Herne-West. Das Revierderby", „Denn sie tragen das Leder vor dem Arsch. Geschichten rund um den Bergbau im Ruhrgebiet" und „Jede Menge Kino. Film-Geschichte(n) aus dem Ruhrgebiet".

Die Fotos und ihre Geschichten

Als das Foto von Seite 4 im Jahre 1961 in der sogenannten „Kaffeebude" auf Piepenfritz geknipst wurde, freuten sich die zehn Jungs aus dem Herner Vorort Horsthausen. Hans-Georg Krippes, damals 15 Jahre jung, saß mir in unserem Frühstückraum gegenüber und sagte: „Mach doch mal einen Schnappschuss von unserer Clique." Machte ich. – Auch an den ersten Tag meiner Ausbildung erinnere ich mich noch sehr gut: Es war der 1. April 1959, und erstmals überquerte ich den Platz zwischen den beiden Schächten des großen Herner Pütts, um über eine Treppe, die am Leseband, wo Bergjungleute per Hand die geförderte Kohle vom Gestein trennten, die Schlosserwerkstatt zu erreichen (S. 67, Archiv Friedhelm Wessel). Als ich meine Handwerksausbildung begann, trugen wir schon Schutzhelme aus Plastik, Lederhelme waren nur bis Mitte/Ende der 1950er-Jahre im Einsatz, sind aber heute begehrte Sammlerobjekte (S. 5 oben, Archiv Friedhelm Wessel).

Der Ausbau mit Holzstempeln gehörte einst zum Ausbildungsprogramm der angehenden Bergleute (S. 41, Archiv Friedhelm Wessel), und um die oft weit entfernten Arbeitsplätze schnell erreichen zu können, wurden zum Beispiel auf der Dortmunder Zeche Gneisenau im Untertagebetrieb Personenzüge eingesetzt (S. 44/45, Archiv Friedhelm Wessel).

Der Osterfelder Zeche Jacobi fühle ich mich aus familiären Gründen sehr verbunden. Mein Vetter Werner, der noch heute in Zechennähe wohnt, erzählt mir immer mit großem Stolz und ohne Pathos Geschichten rund um unseren Familienpütt (S. 9 oben, Archiv Friedhelm Wessel). Ich kann mich gut an den gemütlichen Herd in der Küche meiner Großeltern erinnern, Großvaters Platz war direkt neben dem Ofen, im dem quasi rund um die Uhr das Feuer brannte, denn der Herd war Wärmequelle und Kochstelle zugleich (S. 9 unten, Archiv Friedhelm Wessel). Die benötigten Kohlen kamen meist per Pferd und Wagen in die Kolonie, die eisenbeschlagenen Räder der Karren verursachten dabei auf dem Straßenpflaster einen Höllenlärm; daher war der Kohlenmann nicht zu überhören (S. 47 oben, Archiv Friedhelm Wessel).

Bergleute pflegen oft und gerne ihre Traditionen, so die Kirchschichten (S. 34–35), Bergmannstreffen oder Feierstunden an Erinnerungsorten. Ich war oft dabei, wenn sich in Herne Kumpel in ihren schwarzen Kitteln und ihren federgeschmückten Schachthüten dort trafen, wo an alle erinnert wird, die bei Unglücken auf den Zechen Friedrich der Große und Mont Cenis starben.

Mehrfach habe ich den vergangenen Jahren zusammen mit verschiedenen Gruppen das RAG-Trainingsbergwerk in Recklinghausen besucht. Hier wird Bergbau zum Anfassen in einem fast zwei Kilometer langen Stollensystem unter einer alten Halde geboten; dort lichtete ich Karin Schneider, die Frau meines langjährigen, leider bereits 2014 verstorbenen Freundes Horst, eines ehemaligen Maschinensteigers, auf einer Streckensenkmaschine ab (S. 17).

In Datteln besuchte ich den ehemaligen Fahrsteiger Dieter Lohmann (S. 20), den ehemaligen Pferdejungen Josef Hallmann (S. 73 unten) und den ehemaligen Bergmann Horst Haake (S. 25), in Bottrop freundete ich mit dem außergewöhnlichen bergmännischen Zeitzeugen Heinz Schallwig (S. 72 und S. 73 oben) und dem ehemaligen Bergmann Günter Öhlmayer (S. 63) an; in meiner Heimatstadt Herne plauderte ich mit dem ehemaligen Wettermann Herbert Höhn (S. 21) und lichtete den bergmännischen Traditionspfleger Jürgen Steinbach mit seinem Enkel (S. 34) bei einer Bergparade ab, traf in Wanne-Eickel meinen ehemaligen Ausbilder Adolf Freese (S. 62), und wir plauderten über alte Piepenfritz-Zeiten.

Willi Schneider aus Sodingen war ein außergewöhnlicher Bergmann; seine Lebensgeschichte schilderte mir einst sein Sohn Günther. Der ehemalige Mont-Cenis-Kumpel war nicht nur eine begnadeter Bastler, sondern auch ein erfolgreicher Züchter und Ausbilder von Schäferhunden. Die entsprechenden Prüfungen fanden ganz in der Nähe der ehemaligen Zeche Teutoburgia in Herne statt (S. 47 unten, Archiv Friedhelm Wessel). Auch in anderen Revierstädten lagen Arbeit, Wohnen und Freizeit oft dicht nebeneinander. So wurden die Spiele des ehemaligen Oberligisten SV Sodingen jahrzehntelang im Schatten von zwei Herner Mont-Cenis-Fördertürmen ausgetragen (S. 57, Archiv Friedhelm Wessel). Und auf etlichen Pütts gab es Einrichtungen, die in der Freizeit genutzt werden konnten; auf der ehemaligen Herner Schachtanlage Julia sogar ein Schwimmbad, das auch den Familienangehörigen der Kumpel kostenlos zur Verfügung stand (S. 29 oben und unten, Archiv Friedhelm Wessel).

1856 hielt der Bergbau Einzug im Bottroper Süden, 120 Jahre später wurde Prosper I abgerissen – ein Bild, das Emotionen weckt (S. 53, Archiv Friedhelm Wessel). 2018 endet mit der Stilllegung des Bottroper Verbundwerkes Prosper-Haniel auch die jahrhundertelange Ära des Bergbaus an der Ruhr.

In Oberhausen nahm ich 2013 an den Feierlichkeiten zu „100 Jahre Zeche Jacobi“ teil. Hier musste ein Osterfelder die traditionsreiche Prozedur „Ernennung zum Ehrenhauer“ (S. 35 unten) über sich ergehen lassen. Und mit großer Freude fing ich noch im April 2017 auf der Bottroper Beckstraße eine ehemals typische Revierszene ein: Ein Mann schaufelt in einer Zechenkolonie Kohle ein (S. 49). Ein Bild, das es zukünftig wohl nicht mehr geben wird, denn ab 2018 heißt es ja: „Machtet gut, Schwatte.“